三民叢刊 226

歲月留金

鮑曉暉 著

三民書局印行

歲月沙金

鮑曉暉

有人說，我們青春年華時，擁有美麗和活力。年老時期，擁有知識與智慧。這話我肯定。

我已過了大半輩子的人生，現在青春已逝去。憶往事想當年，彷彿懵懵懂懂、莽莽撞撞的闖過來；當年曾經人不癡狂枉少年過，曾經為情憔悴過，曾經失意而哭長夜，曾經為難解的人生問題，終宵難眠。更有為了小小的喜悅、小小的成就而沾沾自喜。那時年輕，希望人生中的一切擁有最理想的。

而今，我不再莽撞，凡事三思；不再癡狂，冷眼看世事；不再憔悴，而以豁達心情看世間情。而對人生的得意失意，已能以冷靜的心情面對。因為我的人生走了

大半輩子，人生的閱歷給了我智慧。

人生多貌，芸芸眾生，各有不同的人生際遇。但無論是平坦、坎坷，在我們生命的河流中，都會留下一些珍貴的啟示，如歲月河流裏沉澱的金沙，熠熠發光，讓我們有所領悟。

很喜歡古文學家蘇軾的「定風波」一詞後半段詞句：

料峭春風吹酒醒
微冷
山頭斜照卻相迎
回首向來蕭索處
歸去
也無風雨也無晴

人生是一趟生命的旅程；一路行來有羊腸窄徑，有康莊大路，有荊棘夾道，有繁花照眼。會遇見狂風急雨，但多的是朗朗晴天。以滿懷希望向前走，以豁達樂觀

的心情迎接每一天，記憶中所有的往事，都化為歲月河流中的沙金，此生無怨無悔。

二〇〇一年五月於臺北

歲月留金

目次

第二輯 浮世心情

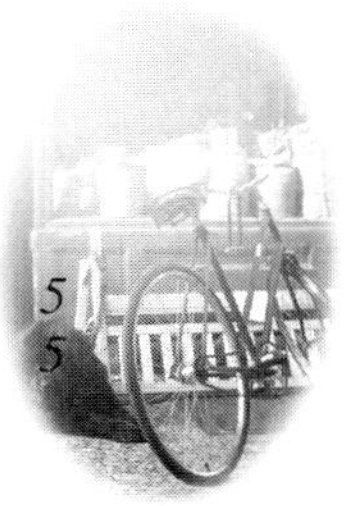

第三輯　歲月留金

第四輯　心靈智慧

第一輯 人間有愛

人生彷彿是齣錯綜複雜、隨時代變化的戲，我們都沒有已定的藍本，只看自己如何用智慧去演好這齣戲，全掌握在自己手中。

摘自〈留得青山在〉

留得青山在

救護車嗚哇嗚哇響著讓人心顫的淒厲聲，急促的駛來。救護人員上樓下樓一陣忙亂，又嗚著淒厲聲音急促而去，留下的是圍觀鄰人的惋嘆：

「考了兩年大學落榜，男朋友又變心，不想活了自殺，嘖！真可憐！」

那張蒼白的臉嬌美年輕，雙目緊閉，彷彿睡著。

在擔架抬下來時，雖然只是驚鴻一瞥，但那張臉在我眼前晃了好幾天，掛記她是求死得死永遠的去了？還是被搶救又重生？

多年前住在和平東路時，也見過一個自殺的人。那次是個血淋淋的鏡頭：仰臥在血泊裡，睜著恐怖的眼睛，是從十層樓跳下。她圓睜的眼讓我想到「死不瞑目」：

是有所留戀？是心有未甘，身後有所牽絆？據說有兩個幼兒，一個走錯路的丈夫，她以自殺抗議丈夫的外遇。

中國人常說螻蟻尚且貪生，好死不如賴活著。我佩服自殺的人有勇氣，狠心的自己用自己的手結束自己的生命。

從另一個角度來思考，自殺也是懦弱者的行為，不敢面對現實，用自殺來逃避問題。是自私的人，自己一伸腿閉目一了百了，脫離了苦惱，卻給親人留下心碎哀傷和未了的責任。

如果分析自殺的原因，都不是遇上「走進了死胡同」的問題。考不上學校、功課不如意、遭同學白眼、老師輕視、父母責備、親友嘲笑，自殺死了，你是懦夫。默默的舔傷自療，摒棄哀傷，重新踏上人生的戰場——考場，總有一天會讓大家刮目相看。

至今我難忘的一位同事，接連考七年公費留學都落榜。他在辦公室備受壓力；同事嘲笑他自不量力，妄想麻雀變鳳凰，長官懷疑他是否腦筋有問題，削減他的工

作量——坐冷板凳。第八年，他終於金榜題名，跌破全局同事的眼鏡，而今官居要位。

為愛情自殺，是天真少年、青年的愚蠢行為。「愛情不是人生的全部」雖然是老生常談，但卻是前人的經驗；人生的過程裡有很多美好的事物比愛情更美好。而世上事很多難以逆料，也許你癡戀的對方只是好情人，不是好夫君。只要愛過，享受過愛已無憾，不妨瀟灑的揮一揮手再見，只帶傷感離開，留予他年憶夢痕。

記得高中時一位黛玉型情癡同學，戀上一位有婦之夫的老師，自殺未遂，鬧得滿校風雨，害那位老師遭炒魷魚之殃。

一別四十年，回大陸老同學相聚，席間笑談少年事，還有人拿這段感情風波來糗女主角。婚姻美滿、髮已蒼蒼的女主角，哈哈尷尬一笑，自我調侃當年少了一根筋，幹下糊塗事。

社會越開放，男女感情氾濫，外遇增多，單親家庭增多。而這種單親家庭的庇護者，十之八九是弱勢的女性。當事人在錯愕、震驚、傷心之餘，接受一連串生活上變調的考驗。如果悲觀得痛不欲生，結束了生命，只贏得他人同情惋惜而已。如果冷靜的隱藏起悲傷，走出想自殺的死亡之谷，面對陽光，仍然會有新天地。夫妻感情好、常相廝守是種幸福，子女貼心、事業有成也是一種幸福。一位女友當年驚悉丈夫外遇痛不欲生，幾乎喪失了活下去的勇氣，為了獨女才振作起來。而今是一家銀行的經理，和女兒相依為命，過著幸福快樂的單親家庭生活。

「留得青山在，不怕沒柴燒。」人生的道路千迴百轉，各有不同的遭遇；少年難卜壯年運，壯年難猜晚景狀況。自殺者是沒有理想、信心的人，只看到眼前的困境，從不展望前面的大道。人生是生命的旅程，旅程中有坎坷窄徑，也有康莊大道。有鳥語花香，也有荊棘遍地。會遇到狂風暴雨，也有晴朗藍天。自殺的人就如半途跌倒不願再爬起來的旅人，喪失欣賞享受前面旅途中美好的事物。

人生彷彿是齣錯綜複雜、隨時代變化的戲。我們都沒有已定的藍本，只看自己如何用智慧去演好這齣戲，全掌握在自己手中。人生不如意十之八九，把怨和恨化為寬恕，無怨無悔走完這一生，就是美滿的一生。自殺！太遜了！

相愛容易　相處難

——論徐志摩的婚姻悲劇

「人間四月天」又重播了。

臺灣的觀眾在看多了歷史連續劇及鄉土悲情劇，「人間四月天」這檔民初的詩人徐志摩的愛情文藝劇，讓人耳目一新；不但刷新了公視八點檔的收視率，也風「魔」了青年學子，在網路上互談觀後感，尤以男主角徐志摩追求真愛的執著，和戲中引用他那吐自肺腑，集真、善、美於一體的感人詩句，讓人咀嚼、回味、低迴。

除了摯誠的愛情故事，不俗的對白，和扣人心弦的詩句，不知道年輕的朋友們，是否注意到徐志摩婚姻悲劇的主因？

在劇中，徐志摩曾對張幼儀說：「我要做中國第一個離婚的男人！」

在那個時代，男人可以納妾、休妻，但徐志摩為追求婚姻中的真愛，唾棄媒妁之言的婚姻，他不納妾；張幼儀沒有犯被休的「七出之條」，他要離婚，無異是向當時社會的傳統觀念習俗挑戰！因而不見容於父母、社會、朋友。這由後來陸小曼所受的委屈、冷漠、歧視中可見。

徐志摩一脈單傳，承擔了傳宗接代、老有所養的雙層重任，在當時傳統下，他應該由父母安排婚姻，成家立業，如此平凡過一生。但徐志摩詩人的性格，他渴求的是婚姻中靈肉一體的真愛！因此雖在百般無奈，被迫結婚，對張幼儀卻激不起愛的火花。而在倫敦，初遇林徽音，她的容貌、才華、談吐，以及對詩的同好，因而一見鍾情，心生愛慕，促使他後來毅然和張幼儀離婚，向林徽音求婚以圓鴛鴦夢。

但報上一則離婚啟事，震驚了家鄉父母，也震驚了社會，老父拒不接受，仍視張幼儀為合法的兒媳。

而林徽音的父親有「妾」，是她所稱的「二娘」。母親和二娘為父親的鬥爭、嘔氣、痛苦，是她親見，她不願重蹈覆轍。當徐志摩離婚後向她求婚，她依然拒絕，她對徐志摩說：「我倆結婚，不是兩個人的事，是三個人的事。」她不願另一個女人因她而痛苦。徐志摩初戀的愛情破滅，只有深藏心底，留於他年說夢痕了。

玉潔冰清、外柔內剛、心思細密的林徽音，後來選擇了梁思成。徐志摩第一次婚姻中沒有他所嚮往的愛，初戀情人又離他而去，就在此時，他遇見了陸小曼。

陸小曼的美艷、多才多藝、活潑、開朗、大方的儀態，讓徐志摩驚為天人。

陸小曼是當時上流社會中的貴夫人。丈夫王賡常年駐戎在外，她活躍於北京社交圈。在燈紅酒綠的浮華世界中，慣見庸俗的凡夫俗子，徐志摩的儒雅、倜儻、清新也吸引了陸小曼。尤其徐志摩的詩名，讓陸小曼傾心，曾冒然去聽徐志摩講課。而在交往中，徐志摩的溫柔、體貼，使陸小曼的心離「愛在心中口不開」，不解風情的王賡越來越遠。陸小曼的似水柔情，也讓徐志摩不克自拔，因而兩人不顧雙方家長的反對，演出當時上流社會轟動一時，被視為是「傷風敗俗」的婚禮，飽受證婚人梁啟超的痛責和抨擊。

但兩人的婚後生活並不幸福美滿，其一：「朋友妻，不可欺」，徐志摩犯了社會道德的大忌！兩人一直背負著社會輿論指責的陰影，尤其在北京，造成陸小曼不敢回北京的主因。其二：生活環境的背景和教育不同，徐志摩的家庭是勤儉持家的殷實商人之家；陸小曼一直生長在吃喝玩樂，享受浮華社會裡的聲色之中。而陸小曼婚後並沒有洗盡鉛華，以適應徐志摩的家庭。她的放任放縱個性，讓她空有孝心，卻使得公婆側目不滿，離兩人而去，不見容於徐志摩家的陸小曼陷於孤立。

更糟的是，陸小曼不見容於公婆，被社會議論所產生的壓力，和情緒鬱卒，而受困於胃疾的困擾，加上生活糜爛，揮霍無度，使得徐志摩為「錢」四處奔波兼課，聚少離多，心生隔閡，兩人的親密之情越行越淡。陸小曼內心空虛寂寞時，遇見了不學無術的紈袴子弟翁瑞午，被哄騙吸上「鴉片」成癮，而陷入不能自拔的境地！

「鴉片」原是一種鎮靜劑，它能載舟也能覆舟，少量時可治病，但過量上癮就是一種毒藥，摧殘人體人性，傾家蕩產，賠上人生！陸小曼最初是為胃疾被翁瑞午騙吸鴉片，成癮後她不是不想戒。在一次爭吵後，兩人和好在夜半私語時，陸小曼曾無奈的對徐志摩說：「我不是不想戒，但每當犯癮時，卻身不由主，給我時間，好嗎？」

然而，沒有等到陸小曼戒煙成功，徐志摩死於飛機失事中。胡適曾對徐志摩說：「我不忍見兩個人毀在一根煙槍上！」一語成讖，徐志摩為陸小曼而死，為不幸的婚姻而死！

很多人認為婚姻有著賭博性，有人說：「戀愛容易，相處難」，戀愛是單純兩個人的事，婚姻卻牽連兩個人的家庭，徐志摩和陸小曼的婚姻卻忽視了家庭因素。其實婚姻的條件除了兩人的「情投意合」，被現代人嗤之以鼻的「門當戶對」老掉牙的觀念，依然是婚姻中重要的條件，有助於營造婚姻的和諧。徐志摩崇尚「自由、自主」的婚姻，正如現代年輕人所持的觀念：「只要我喜歡，有什麼不可以」。漠視兩人成長環境不同。陸小曼慣過「日上三竿猶未起」的懶散玩樂生活，徐志摩的詩人、學人性格卻喜歡和相愛的人長相廝守，更能紅袖添香，過作詩、教課的日子。在飛機起飛前，他寫給陸小曼的信上說：「今天頭很痛，真不想飛了，想回家，喝一杯熱茶，好好睡一覺！」這是徐志摩內心所嚮往的平靜、平淡的生活。

寄

嶺月：

接到林先生寄來的謝禮——毛巾，以及你生前的資料，霎時心情沉落在悲傷裡，就像那天晚上。

那天我正在中國大陸蘭州旅行，吃過晚飯回下榻的旅館，已是萬家燈火。進了旅館大廳不久，就聽櫃臺小姐叫我臺北家中有電話。

電話裡傳來先生沉凝的語氣：「嶺月去世，寄來了訃聞。……」「怎麼可能！不是說已在康復中嗎？」我愣住了。

放下電話，我找個角落坐下。我需要靜一靜，讓震驚的心平復。

夜已深沉，大廳燈光暗澹、冷清。同伴都歸房間，只有我獨坐在暗角。嶺月，我在想你、念你。在嘆息生命的無常，嘆息世上事難逆料。在惋惜，在怨老天妒才！

你我相識已卅年了吧？其實前十年是神交，後來是淡淡的君子交。我倆雖然沒有成為時相過從的膩友，但常在一些場合見面，偶爾通個電話。當然嘍，讀你每一類的作品，只要有「嶺月」兩個字。

卅年前我們都好年輕，孩子還小，我是奔波的家庭主婦及職業婦女，你是家庭主婦和專職的文字工作者。我倆由於對文藝文學的愛好，而結下了文字緣。我們都以家庭、孩子、朋友的身邊瑣碎為題，在《國語日報》的家庭版見面（琦君大姐說見文如見人）。你的靈思、理念總讓我佩服，以你為師。

多年後，移居美國的家庭版主編黃和英姐回國度假，好客四海的林海音大姐問她：「你都要見些什麼人呀？」她提到你、我、胡晶玲。胡晶玲沒找到，我倆做東，請海音大姐做陪，請黃和英大姐在同慶樓餐敘。

那次是我第一次見到你，你給我的印象是溫婉秀麗，端莊有禮。溫和的笑容一

如你的文章，滿溢著親切。

真的，無論在任何場合看到你，總是一臉的燦爛笑容。電話裡也是清脆的笑聲。你全身散發著謙虛卻自信的氣質，文章裡散發著樂觀積極的風格，為何？卻在盛年佳境中由人間退席!?

我很佩服你把生活安排得從容有序，不像我，像個無頭蒼蠅，每天都忙忙亂亂。有一次閒談，你說你每天像上班一樣，穿戴整齊。家人出門上班上學後，你就端坐在書桌前開始你的文字工作，作息的時間有規律。我笑說你是「寫作公務員」，我倆相與哈哈大笑。

真的，看你生前的資料，你的成就不是「混」的，是一步一腳印走出來的！翻譯、散文、兒童文學、婦女雜文，每一類都有可觀的成績。你的成功是認真、努力、勤快堆積起來的。你的作品內容絕不打馬虎眼，記得你寫〈老三甲的故事〉時，在電話裡求證問我：「東北冬天是不是冷得會凍掉耳朵？」因為一位東北籍的老師如此說的。我哈哈大笑說：「那是誇大其詞，不過東北冬天要戴帽子，圍圍脖兒，戴耳套。否則凍得生凍瘡，爛得發炎，如治不好耳朵缺耳唇是有的。」我們邊聊邊笑。我當時想，這位寶島姑娘怕沒見過雪，將來有機會回老家，我要在冬天請她做客，住上一陣子看雪景。然而兩岸開放，家鄉變成我的傷心地，每次回去只是過客。請你到東北過冬的心願仍在，你卻已遠離我而去。

有人說成功有三要件：天時、地利、人和。我認為天時要靠運氣，地利要靠緣分，惟有人和要自己經營。你的成功，除了作品優秀，對所有你認識的朋友都付出真情。一年一度的賀卡，溫暖了歲末的心。有幾次慚愧總是你早捎來祝福，我也應該提早彌補我的失禮。但常是還未付郵，你那娟秀字的賀卡已翩然躺在信箱。而今，即使是提早的賀卡也欲寄無從寄了。

還記得那年薇薇夫人的公子出事，你約我到臺大醫院看視。你先進加護病房，出來是淚水盈眶。待我進去看到的是一幅傷痛至極的母親，埋首在依然有氣息，高大英俊，卻雙目緊閉的兒子枕畔的畫面。幼吾幼以及人之幼，你的善良真誠豈僅是友情所致！

還是幾個月前的事，我的〈烽火歲月〉小說在《國語日報》少年版連載，你第一天就掛電話來祝賀。笑聲依舊，溫語依舊，怎麼就人天永隔了？

嶺月，你有一本書《經營家庭不忘經營自己》，你經營家庭，經營自己，愛家庭，愛朋友，卻獨獨忘了愛惜自己，在創作力高峰的佳境時，放下了彩筆，給朋友留下惋惜哀思！

那一晚，在午夜寂寥的大廳裡一角坐著，你的音容笑貌在眼前晃動，回憶有你的一切，懊惱千山萬水相隔離，插翅也難回去送你一程，而今以這封信相送吧！

嶺月，走好，你會常在我的思念中。

（嶺月逝世週年追憶）

（嶺月是翻譯家，譯著等身，她也是著名的親子作家。其譯、著作品有《巧克力戰爭》、《經營家庭不忘經營自己》、《妙媽媽．巧孩子》等，一百餘冊。）

一夜鄉心五處同

「炮竹一聲除舊歲，桃符照眼過新年。」由早年農業社會對上天感恩奉祭，慎終追遠為主的民間活動，到現在工業社會著重於個人吃喝玩樂的歡樂假期，春節一直是中國人最愛的節日。

春節，我們又稱「過年」。中國人喜歡過年，因為年給刻板的生活增添了變化、活力和快樂，給人們帶來祝福希望。小孩子聽說快過年了，立刻欣喜萬分，數著日子地盼望。家鄉有首過年的童謠，第一句就是：「小孩小孩你別饞，過了臘八就是年。」而過年豈僅吃佳餚，還有穿新衣、戴新帽、放花炮、拿壓歲錢呢。

「一元復始，萬象更新」，過年在成人心目中是新的開始，對來年充滿希望和憧

憬，企盼將來比現在好。君不見陽曆元旦的賀卡上全是祝福的吉祥話兒；如「吉祥慶有餘」、「福星高照」等。今年是虎年，畫上五隻老虎，猛獸都變成「五福臨門」啦。

這些「年」的歡樂氣氛，對孩童和青少年的年輕人是快樂佳節，全然不知營造過年快樂的幕後推手，和其中的辛苦。家鄉所謂的「忙年」就是一個又忙又累的過程；聽聽這首忙年的童謠：「臘八粥喝幾天，離離拉拉（註）二十三，二十三糖瓜粘，二十四掃房日，二十五凍豆腐，二十六割豬肉，二十七殺年雞，二十八把麵醱，二十九蒸饅頭，三十晚上接財神。」節目排得滿滿的，加上除舊佈新環境大清掃，貼窗花、掛年畫的美化家屋，忙年的重頭戲都是女主人——家庭主婦在扮演，家裡的老小只是偶爾客串打雜的下手而已。

自從由家裡事從不管的小姐，升格做了主持中饋的家主婆，忙年的擔子就落在我的肩上，才知箇中苦滋味。為了給家經營一個豐收快樂的年，挖空心思在吃喝上面變花樣，灑掃庭院把家營造出一番新氣象。雖然現在時代進步，社會繁榮，我們的經濟也寬裕了，只要荷包充足，不必親手殺雞宰鴨蒸饅頭。但一趟趟的採購，一件件的安排，一樁樁的完成，也煞費心思，席不暇暖哪！尤其體弱的我，經過忙年的一陣折騰，常在大年下染些腰酸背痛，傷風感冒的微恙，自己都覺得掃興。

老實說，從身為主婦後，對過年這碼子事的興趣，真是「王小二過年，一年不如一年」啦。有傭人時，年節她要放過年長假，我就淪為灶下婢。年假在打理食之無味、棄之可惜的殘羹剩湯的年菜中度過。沒傭人的時候，我是千手觀音，粗細一把抓，家務外交一腳踢。中國人是講究禮數的，接禮、送禮的打點要面面俱到。還有「拜年」這檔子麻煩事兒；平日鮮少往來的親戚朋友，此時得表表心意。客來客往，恭送恭迎，有幾年我們夫妻倆從初一一大早坐了計程車繞四城拜年；長輩的，不能疏忽。同事的，來而不往非禮也。長官的，禮多人不怪嘛，連屬下的都不能端架子，現代人不能忽視人際關係。拜完年已是筋疲力盡，幸虧年來流行電話拜年，不再為親身拜年疲於奔命。

如今由於社會繁榮，個人所得寬裕了，平常上小館子、大酒店享受美餚是常事。

祭祖、圍爐的風俗禮數已式微。昔日過年諸業休市，現在大年初一都有照常營業的。有的飯店在除夕還推出闔家團圓席，去年兒子曾提議到香港旅行過年，大手筆的消費額被我否決。

而且我家已進入空巢期，昔日熱鬧不再，我對過年的熱中也冷卻。去年第一次到兒子家過年，吃完年夜飯回來夜已深沉，四鄰的窗櫺燈光雖燦爛，但只聽見隱約的電視聲音，和零星的鞭炮聲，倍覺冷清。進門後一室寂然，這原是我早年盼望的清靜年，而現在卻一陣寂寞兜上心頭。就在此時電話鈴響，是大兒打來的辭歲電話，一聲「媽媽爸爸新年快樂，萬事如意！」給我滿懷溫暖。

「一夜鄉心五處同」，大兒羈居海外多年，每年除夕電話拜年解鄉思。他常說兒時往事記得最深刻的是「過年」的快樂熱鬧。

（註）離離拉拉——東北方言「不斷」的意思。

歸寧

和母親睽別四十年，音訊渺茫生死未卜。但每年母親節我都戴上一朵紅色康乃馨，因為在我心底深處，日夜祈求母親身體康泰，母女有重見的一日。

但今年母親節，我的襟上將是一朵白色康乃馨。

得知母親在北京大去後，常常想起母親。

想母親那雙為我們姊弟縫鞋底的白皙纖秀的手。

想母親帶領我們姊弟逃避警報的往事。

想在難民麕集、一片混亂的開封火車站裡，二弟走失，母親跌坐在月臺上號啕大哭，堅不登車的執拗。

想母親昏睡在輪船艙裡蠟黃的病容，想在山海關車站告別家人，母親對我的泫然不捨，想回北京探親第一次見到的母親。

每想到關於母親的往事，我就如溫讀一部中國苦難的歷史。一生生活在中國苦難歲月裡的母親，是以「女人是弱者，為母最強」的堅毅，翼護我們姊弟七人在烽火連天、顛沛流離中遠離災難，平安長大。

母親是滿清旗人，家境富裕，嫁給父親也過著養尊處優的少奶奶生活。但外侮的戰火在國內燃起，由九一八事變、七七抗戰，全國動盪不安，我家也跟著戰爭開始了遷徙頻仍的逃難日子。母親在異鄉由不問家務事的少奶奶，成了親操井臼，需要開源節流的主婦和忙累的母親。

父親是工程人員，因工作恆常在外奔波。修滇緬鐵路時，工作地點在滇西蠻荒之區，只有過年時才回家。員工眷屬因敵機轟炸昆明，都疏散到祥雲縣。祥雲縣是滇緬公路線上的一個小站，是個窮鄉僻壤的小鎮，有錢也買不到衣著日用品，我們姊弟的衣著鞋履全賴母親一針一線的打點。母親做小姐時為消遣而學的一手好針線活兒，此時派上了用場。最記得母親做鞋的神情；那時頑童年紀的弟弟們鞋子消耗得特別快，一雙新鞋上腳沒多久，就會「空前絕後」露出大拇指和腳後跟了，空閒時母親似乎手不離針線的做鞋幫縫鞋底兒。白天時間不夠用，晚上在燈下趕夜工。那時點的是菜油燈，在熒熒如豆的燈下，我讀學校圖書館借來的小說，母親縫鞋底。厚布黏疊起來的鞋底需要錐子來穿透，然後以粗麻線一針針的縫。小鎮的夜很靜，母親縫鞋底單調的聲音特別清晰。猛抬頭，就看到母親那雙白皙的手在燈影下晃動。

父親在昆明修築巫家壩飛機場時，家疏散到鄉下桃園鎮，我和姊姊住校，只有母親帶著弟妹住在那棟草舍陋屋的克難房子裡。房子的土牆內有一個大院子，母親就在院子裡學做老農：種菜、養雞。青蔬滋味長，蛋是我家三月不知肉味飯桌上的營養品，紅燒雞是年節打牙祭的美味。

那時弟弟們是貪玩的頑童，小妹是繞膝騎竹馬的稚齡，母親沒有幫手，粗細一把抓，原本秀麗如水蔥的手，變得青筋突起如脈絡，粗糙似村婦耕種的手。

母親外表柔弱，但面臨重大變故或危難時，卻彰顯出女性的韌性和堅強冷靜。

父親任職湘桂鐵路時，家住桂林。那時敵機瘋狂的轟炸桂林，不分晝夜，淒厲的警報聲常是淩空而鳴。那尖銳的嗚嗚聲讓人心悸慌亂，母親卻鎮靜的拎起隨時放在枕畔的小皮箱，那裡是父親的畢業證書、任職的派令、幾張政府發行的公債，及記載我們姐弟幾人的生辰八字小本子。然後吩咐大的照顧小的，她抱著小妹、攙扶著祖母去躲警報。

桂林山水甲天下，每座山都有天然的山洞，是最安全的防空洞。警報有時長達幾小時不解除，大家枯坐洞裡，打盹的、聊天的。母親卻拿出針線活兒縫補或織毛衣。有幾次敵我飛機空戰，機關槍、高射炮在山頂交織，我們彷彿置身戰場，大家惶恐的仰望洞外祈禱禮拜。惟有母親穩坐如磐石，神閒氣定。大家都佩服母親的鎮靜，母親卻嘆口氣說：「怕有什麼用呢？我帶這群老的小的，總得鎮靜的想個面對危險的法子。」

勝利後，父親先行到山海關任所，大姐已經結婚。母親帶領我和弟妹由昆明北上，經貴陽、芷江、湘潭、長沙、漢口，而上海，然後到秦皇島，再抵山海關。這趟千里迢迢的還鄉路搭車、乘船，走了三個月；離開昆明時是五月榴花照眼紅，到山海關已是蟬鳴的盛夏。

一路的勞頓，母親一直是病懨虛弱，卻堅持抱病趕路。由上海到秦皇島搭的是運煤船，海上風浪大，水手有的都暈倒了。母親昏睡不醒，我真的嚐到憂心如搗的滋味。當第六天清晨，甲板上有人高聲歡呼：「到了，秦皇島到了！」母親忽然睜開眼睛對我說：「二丫頭，到了嗎？快上去看看，你爹會來接我們。」我哭著跑上甲板，站在船舷旁，看陸地漸行漸近，任淚水流著，那是「喜極而泣」的淚。後來母親追述這些往事說：「當時我雖然昏昏沉沉，但腦中一直有個念頭，支撐到山海關，把你們平安送回家。」

開放探親後，母親已是八十九高齡。弟弟的信上說：「二姐，你什麼時候回來？媽天天問呢。」我回去探親，也是婚後第一次歸寧。但見到的母親不是秀麗的少婦、堅強的母親，而是個乾癟癡呆的小老太太。她時而清醒時而糊塗；有時候以陌生眼光打量我，有時又講些我做姑娘時的事。她已不能和我敘母女情，閒話家常，享用

我買給她的電視，喜歡吃的零食，我只有坐在她身畔，握著她那雙枯槁瘦小，曾經掬我、育我、牽我走過苦難如嬰兒般的手撫摸著，一遍一遍的說：「媽，我是二丫頭，我回來看您了。」

青蔬滋味長

今年母親節前夕，孩子們商量回媽媽家過母親節。其一，比在飯店裡有「家」的味道。其二，每有佳節闔家「家宴」都是媽媽掌杓，三個年輕主婦是打雜洗碗的下手，這次也讓她們一展廚藝，每個人帶兩樣拿手「招牌菜」。

我聽了母心大悅，多年媳婦熬成婆，我終於升格堂上坐，靜待佳餚擺上來。不過，心裡實在懷疑：她們能端出什麼拿手好菜來？

這三個女子都是職場上的女強人，走出家門光鮮能幹，卻是廚房灶下拙婦。她們讀書時壓力大，大學窄門難擠，我只好讓她們遠庖廚。然後出國讀書，婚後是雙薪的小家庭，忙了、累了就上小館子，這樣的主婦自然難有廚下手藝。

做了多年的「煮婦」，領悟到灶上美食是熟能生巧，由經驗中琢磨出烹調美味的竅門。有的館子裡紅燒肉香醇可口、不油膩，有的卻油亮亮味同嚼蠟，這其中有主杓人手藝的心得表現。我的二女兒曾是傅培梅的門下，偶爾在家裡宴請同學同事，料理臺上攤著食譜，一匙鹽、半匙調味料，照書獻藝，出鍋的佳餚依然不入味。可見傅培梅的「廚藝」走遍天下，是經驗的累積，不是一朝一夕之功。

做菜，是種藝術，把葷素都做得色香味皆美，眼眸前是一盤翠碧酡紅的菜餚，入口是香醇的美滋味，學問不是一眼眼，刀法、火候、調味都有考究。現代人生活忙碌，除了專業者，誰有時間去琢磨滿足口腹之慾。我就是個又懶又笨的主婦，讀書時在母親的「女孩子有才纔有出頭天」的教育下遠庖廚，而今學書不成，沒有成職場女強人；學劍不成，廚下工夫也鴉鴉烏，炒菜燉湯都要味精（孩子稱為媽媽粉）才能清水變雞湯。

但放眼我的諸文友中，不乏才女，筆下、廚下都了得，我友邱七七女士是其中之一。

七七很好客，頗有現代女孟嘗之風，我們有一票文友常是她座上食客。

七七的「廚藝」有幾個特色：除了味美、快、簡單、家常味濃，七、八個人的菜餚，一個鐘點就出爐。請客時的廚房裡看不到菜葉子殘渣敗梗，大鍋小缽都派上用場。她那廚下駕輕就熟的從容，讓我在家請客如臨大敵的拙婦慚愧！每次我們七、八個人在客廳高談闊論，笑語喧嘩，她也在一旁談笑風生。偶見她閃入廚房片刻，菜香肉味飄出，到開飯時熱炒、涼拌、紅燒滿滿一桌子。就如孔明手持羽扇笑談間，廚下已有她那運籌帷幄的戰果。我們這些食客每次都是老饕，風捲落葉，一霎間盤底清潔溜溜。餐尾那鍋湯是葛府招牌湯，內容豐富，是香菇、筍片、火腿、枸杞大補湯。

我曾研究過她的菜，何以大家百吃不厭？她會配菜；你吃過「酸菜豆泥」嗎？吃過「冰糖燜苦瓜」嗎？我們日常所吃的都是青菜豆腐、蘿蔔瓜果、豆類茄類，如何搭配烹調成美味，她獨具慧心燒成佳餚。就如作家寫作，同樣是一枝筆、一張紙、那些方塊字，如何經營出獨具風格的好文章，卻需要心有靈犀一點通哪！

七七是個會想點子的人，前些日子她對我說要出一本「食譜」，我嚇了一跳！「食譜」是專業人搞的事，作家寫「食譜」撈過界了吧？何況她的菜單上沒有專業食譜上的「彩鳳大拼盤」、「百鳥朝鳳」，龍蝦鳳爪的大餐招徠美食者，不過是些家常菜，誰會看呢？她說這本食譜的特色就是容易做的美味家常菜。

不久書出來了，圖像精美漂亮，那些菜散出讓人垂涎的魅力。七七又以小品散文的家常話方式介紹這些菜的做法，堪稱文圖並茂，也可以當做談吃的散文欣賞。書名是《邱七七速簡私房菜》，顧名思義，是易做好吃的獨家好菜。

七七家庭美滿，曾有一句御夫術的話「餵飽他的胃」，葛先生除了應酬，獨自不在外面上館子。每見七七和文友餐敘，也要準備一鍋好湯，麵煮熟蓋好，在空巢時葛先生下班回來吃得舒服。

媽媽的菜，在她三個孩子口中都有口碑。女兒在廚房陪媽媽聊天時，耳濡目染，也得了媽媽真傳。同是職場女強人，卻是裡外一腳踢，孩子先生每天可以回家吃晚飯。

七七在食譜上也公開她做菜的訣竅：「用愛心做菜，享人間美味。」的確，每個孩子都喜歡吃媽媽的菜，因為那菜是用母愛細細烘焙的；七七用友情之愛、夫妻之愛、母子之愛去做她的菜，青蔬，也有美滋味。

他鄉遇老鄉

四月的臺北還風風雨雨，一會毛衣一會薄衫，天陰時晴偶陣雨、春寒料峭的氣候。臺中已是春風拂面，暖洋洋燦麗宜人的天氣。

是臺中的氣候宜人，是臺中的污染少？臺中的天特別藍，臺中的樹特別綠，走進勞委會職訓所大門，映入眼眸的是叢密的綠樹，在路兩旁一字兒排開，宛如迎迓我們的綠色儀隊。而路旁有樹，屋旁有樹，草坪上有樹。有的開放著春花，豔美的，清香襲人的，讓我錯覺到了一座都市內的公園。

但它不是公園，它是一個培訓人才的機關；在那群樹之間有幾棟水泥高樓裡面，正默默的進行培育訓練一些技術專業人才。

我收起看樹賞花的浪漫情懷，以嚴肅認真的態度走遍每棟大樓；我看到的是鋼鑽與鋼鐵碰觸時冒出的火花。是那些左彎右拐，糾纏一起的電線線路。是那些只要在鍵上敲敲打打，螢幕上就會跳閃出如小精靈的字幕。而那些整修與木料為伍的巧手，刨刨釘釘，敲敲打打，就化腐朽為神奇，成了一座漂亮的衣櫥。

「賣不賣啊？」有同行的伴兒怦然心動了。

「不賣！這是我們工作的成績！」回答的人是一臉自我肯定的笑容。

是的，這兒不是市場。但這兒所鑽研製造的成品，都與我們小市民生活息息相關：冷凍系列、汽車零件、水電焊接……。做為平凡、有些像井底之蛙的小市民我，想不到很多人正默默的為我們美好的生活奉獻他們的心血智慧！

我冷眼看那些埋首專心學習的青年，青春的容顏還有著稚嫩的影子。我們常說「行行出狀元」，今天在這裡埋首學習的「小學徒」，說不定是將來社會上傑出的建築師、冷凍專業人才、電腦專家。因為職訓局也是以「家有萬貫，不如一技在身」的理念，來造就專業人才為宗旨，也為社會青年開闢了另一條「就業」的人生道路。

「我們這裡還有外國來的學員，今年還來了幾位外蒙古的。」領導參觀的人說。

「哇，還有老鄉？」我有些驚喜。「水是故鄉甜，人是故鄉親」，在臺灣，外蒙古籍貫的是少數民族哪！

其實說「老鄉」有點牽強；我的父系是山東人，母系是滿洲旗人，丈夫是蒙古旗人，大陸開放後，蒙古的那一支家人還寄來了家譜。

感謝領導人的細心，把「外蒙古來的」三位學員請到一個安靜的教室，和我們這一組的人開了個「小型座談會」。

三位遠客都是漂亮女郎，一位翻譯是唯一的男士，因為女郎們不懂國語。在我的想像中「蒙古的女人」都是能騎馬過沙崗，長髮辮，英姿勃勃的女英雌。其實她們是身段兒高眺，臉蛋兒粉嫩，長髮披肩的摩登女郎。據她們說外蒙古的首都庫倫已是個繁榮的現代都市。

外蒙古原是中國的領土，在一九一二年變成俄國的保護國。及後俄國革命，外蒙獨立，但一直是蘇維埃翼護下的屬地。直到不久前蘇聯聯邦瓦解後，才走出被箝制的陰影。現在外蒙古勵精圖治，發展工業，搞活經濟。她們是被政府派來臺灣，主修電腦，結業後回國一展所長，為協助國家走向高等科技而培育電腦人才。而她們在學習期間一切費用，均由我方政府負擔。

在這個幽靜的學習環境中，不僅有外蒙古來的，還有來自歐、亞、非及中南美等友邦國家學員，彷彿是個「聯合國」職訓中心。

目前我國因國際政治環境，外交困境重重，被孤立。但政府卻默默的從事打開外交困境的工作，職訓局就正積極的加強援外職訓工作，協助友好的開發國家訓練所需的技術人力，藉以強化彼此之外交關係，提高我國國際地位。

「老鄉見老鄉，兩眼淚汪汪」，長達四十分鐘的相談，雖然經過翻譯，依然甚歡，所以沒有眼淚，只有親切的同胞之感！

是啊！苦難的中華民族，受的苦難太多了，我們已有了不流淚的堅強！由廣袤遼闊，萬里西風瀚海沙（蒙古人稱沙漠為戈壁，漢人稱瀚海）的北地，到處處綠草碧連天的南方海島，都是黃帝子孫的棲身地，我們有著血濃於水的感情！

山明水秀憶水里

九・二一大地震，震央在集集，聽說附近的水里、日月潭災情最慘重，水里幾成廢墟！

廢墟！那個山明水秀，宛如世外桃源，可以安居樂業的深山小鎮成了廢墟!?上天何其殘忍，我不相信，心痛！懷念至今盤旋心頭。

因為我曾是水里的居民。

水里是我初到臺灣第一個落腳定居的地方。

那年，丈夫被派到小鎮上的林場工作，我們在這兒住了一年，在這個小鎮上我過了此生中最詩情畫意的歲月。

小鎮座落在層巒疊翠的群山環繞中，濁水溪悠悠穿過小鎮。

每天上午，我自宿舍蹓躂到菜市場。其實買菜的時候少，多是散步瀏覽沿途風光。

由宿舍到市場經過一條橫跨濁水溪的木橋，那條木橋彷彿如吊橋，走在上面輕輕搖晃。有時走在橋中央，我會頑皮的跳一跳，那震動的感覺很好玩。

走在木橋上，遠近、兩岸風光盡入眼底。滿佈茂密山林的山腰，綠樹叢中佇立一座白色小樓，兩條如白龍的水管，如臥龍般伸爬向山下，嘩嘩的水飛珠濺玉般由臥龍吐向濁水溪中，那是電力公司的發電廠。

在晴朗的日子，濁水溪的溪水清澈得卵石可見。村童赤腳站在淺水處抓魚摸蝦。岸上是附近住戶的主婦三三五五在浣衣。孩童清脆的笑語，村婦的閒聊聲，陣陣入耳。站在木橋上看眼前的風光，常忘了買菜的事。

夏日天黑得晚，晚飯後我和丈夫常到鎮上最熱鬧的市區，只有一條街的火車站附近閒逛；看擺地攤的，賣山產草藥的。

那時小鎮的財富是木材，木材商來來往往，有一家門面較考究的旅館，一家入夜燈光很耀目的「酒家」，一家總放著臺語流行歌曲唱片的「茶室」，這些地方全是生意人的天下，也是入夜後讓小鎮有輝煌熱鬧的時刻。

歸來時夜已濃，遠處青山隱隱，濁水溪在銀色月光下閃著水光。路邊草叢中的螢火蟲一明一滅，好靜。

那時我們往來水里、臺中，由水里坐小火車經集集到二水，再換普通的火車到臺中。小火車燃燒煤，水里到集集穿越一個山洞又一個山洞。簡陋木板的車廂，門沒有門扇，在山洞裡車廂滿佈煤煙嗆人，到了二水，乘客都是被薰成煤黑的臉孔。

再回水里已是三十年後。那年我隨著藝文界到水里去參觀蛇窯。我們搭乘巴士走公路，當年是崎嶇不平，運木材的產業道路，已成為平坦的兩線公路，公路兩旁是連綿不斷的香蕉林、葡萄園、梨園，還有茶園，一片欣欣向榮的景象。那年芒果大豐收，果農在路旁擺了成堆紅通通的芒果賤賣。司機先生說，自從木材市場沒落後，當地人另闢財源，水里已是水果之鄉了。

當車子進入水里鎮市區，我真的很驚訝，水里已今非昔比，彷彿由一個樸素的小村姑，蛻變成時髦的都市女郎，高樓林立，市招繽紛，人車熙攘，儼然是現代的都市。

而今，欣欣向榮的果園消失了，繁華的都市不見了，只剩下滿目瘡痍的廢墟，真是情何以堪！

前天電視記者訪問劫後果園的主人，讓我佩服這位老農的堅定、自信、樂觀；他扶著倒在黃泥中的新品水果，枝椏零亂已折斷的果木，心痛卻堅定的說，他要守著家鄉，守著果園，重新再出發！

無獨有偶，另一天又看到蛇窯漂亮溫柔的女主人，笑咪咪的看著滿地狼藉的藝術品，很樂觀的說，塌了再重建，她要做得更好！

啊！這兩個畫面讓我眼眶發熱，壓不扁的玫瑰，折不斷的蘆葦，這就是臺灣人！我相信水里會從廢墟中站起來，重建水里，就如把四十多年前僻野的小鎮，經營建設成繁華的都市！我真誠的期盼祝福。

大地震浩劫，震垮了我們的財富，震死了我們同胞寶貴的生命。但也震出了臺灣的人性；如泉湧般人溺己溺，救助他人的大愛，如潮水般解衣推食，助人的慷慨，如江河匯成大海愛的捐款。在在都顯示了臺灣人的團結、愛心、勇敢，這些才是國家最珍貴的資源和財富，政府要珍惜，加以善用，讓災區浴火重生，走向更美好的明天。

愛的震痕

車子一進東勢鎮，我立刻聚精會神注視車窗外流過的景象，要去尋找去年九月二十一日大地震留下的「震痕」。

八十八年九月二十一日午夜，一陣天搖地動，震醒了夢中全臺灣的人，也震出所有的人內心震撼的恐懼。

中部的南投縣、雲林縣，就在一霎間，住屋倒塌，道路毀壞，死傷狼籍，因為那是震央附近。

我們住在臺北的人，只在媒體上去體會震災的慘況。但身受其害的人，卻有著猶如世界末日來臨般的驚懼惶然！

記得那天早上，我第一通電話打給住在「九九山峰」附近，享受退休田園生活，不常聯絡的文友。電話是打通了，但他在電話裡第一句話是：「你這通電話，是震後第一個外界朋友的聲音，感覺又回到了人間！」讓我震驚久久。

一位住在臺中的文友，事後告訴我們她得了「餘震症候群」；常常睡夢裡感到天搖地動，而嚇得驚醒。震後到現在，她依然處在警戒狀態中，睡前衣服穿整齊，重要物品放在枕畔，以備有個風吹草動，隨時奪門而逃。震後她有很長一段時間不敢住進她那僅受輕災的家，帶著老公四處去流浪：新竹兒子家、臺北文友家。

那陣子全國沸騰，媒體報紙、電視爭相報導，人人關心震災。

這個震災，給臺灣帶來空前浩劫；震毀建築，震荒田園，奪去了無數的寶貴生命。但我也從這個災難中看到、體會到人類的那顆涵蘊著無盡的「愛」的愛心。全省各地五花八門的援助，從四面八方如雪花湧來；捐款救助上億，很多人從各處跑來做救難助人的義工，連國際的友國，也派救難專家，來救埋在瓦礫下可能生存的人。他們那奮不顧身，捨己為人的愛心使人感動！

那天，震災後僅十五分鐘，住在洛杉磯的兒子就掛電話來，十萬火急地嚷著：「媽媽，趕快去買飛機票，和爸爸到我這裡來。」住在天津的小妹，家裡電話不通國際線，天剛亮，兩口子就騎著自行車，冒著九月寒衣待剪裁的北地冷秋氣溫，騎半個鐘頭的車程到電信總局，只為叮嚀一句：「二姐，你們都還好吧?你和姐夫回來住我家一陣子吧!?」

這麼多的愛和關懷，能在災難裡倒下去嗎?能不以堅強和勇敢的意志，來報答這些關愛!?

愛和關懷，讓災區的同胞有活下去的勇氣。

大概因為如此，這次我們這群來看「災後重建成果」的人，所見到的，不是斷垣殘壁、樹倒路塌的「震痕」，而是怪手隆隆，和忙碌的工人，在雜亂暫時乾涸了的河床上施工，修建埤豐斷橋。也看到快要修竣的石岡水壩，以及那愛和關心的「震痕」。

走進東勢的馨園一處新的組合屋區，眼眸一亮!這哪像收容災民暫時棲身的「災

民營」，簡直像「深山度假的小村莊」；迎面映入眼簾的，是一座兒童遊樂場，鋪著塑膠草坪、滑梯、搖椅、健身架，漆色美麗鮮明，不輸臺北小公園的遊樂場。而周圍樹木森森，背後青山脈脈，彷彿人間仙境，幾個小頑童奔跑嬉遊其中，笑聲如銀鈴。

面對遊樂場的一排房子門楣上掛著「托嬰」、「活動中心」、「閱讀室」、「會議室」，很有規劃組織。

我在「閱讀室」看到成排成堆的書，那都是愛心的捐贈；我看到一本《人間有愛》，《心靈雞湯》也擺在那兒，另一堆書上，一本《刺鳥》名著赫然在目！如果不是地震，這些心靈的燈盞，恐怕永遠不會照到這處山野僻地吧？

我在「會議室」遇到一位能幹的女士，她剛和有關機關開完「重建新屋協調會」。她對我們侃侃而談她對該次震災的感受；雖然家毀了，先生事業也觸礁，但對這場天災無恨無怨。因為有這麼多的人愛他們、關心他們。更沒有想到這場災難幫助她成長，她學習到如何與人相處，如何去幫助別人，更深深體會到「施比受有福」的快樂！在這一段日子裡，她從一個平庸的家庭主婦，成長為一個肯幹事、樂為大家服務的能幹女子。

因為人間有愛和關懷，災難能教化一個人。

但大自然的反撲、災難卻讓人深思！

最後一天近傍晚時，我們去看了一處尚未修復的危樓，樓在半山腰，極度的傾斜，讓人有搖搖欲墜的感覺，和人去樓空、主人不知何處去的滄桑感。

我站在山路上，四眺山野，好一片美麗風光。只是遠處青山已成了癩痢頭，不再是層巒疊翠，那該是人們濫墾濫伐的醜跡。

是的，青山不再青翠，那是人們不愛惜自己住的地方，大自然會反撲，那些防不勝防的土石流就是惡果。

我們只有一個臺灣，那些醜陋的青山，讓我們深思。

小巷人家

住家附近有一條小巷，在周圍高樓大廈林立中，彷彿被繁華世界遺忘的棄兒，默默地擠身在樓與樓的夾縫裡。

它唯一被注意的時候，是政府有重大選舉時期；一些官員、民代「禮賢下士」，來到小巷內，向每家住戶打躬作揖「請賜一票」，並斬釘截鐵地許下諾言：為他們爭取改建，使陋屋變新廈。

可是我搬來快二十年了，大小選舉年年有，小巷仍是舊時樣，只是住屋更頹陋了。

二十年來，我出出進進，有時穿過小巷，有時路過巷口。很多時候，我常和陋巷內的人家打交道。

巷口第一家是個小雜貨店。

這間傳統的雜貨店，會讓人想起三、四〇年代那個賣糖球、酸梅、花生米，塞滿瓶瓶罐罐的老舊雜貨店。

小雜貨店湫隘黑暗，沒有日夜營業的7–ELEVEN整潔、現代化，沒有裝潢堂皇的超市百貨齊全。但對附近的主婦們，卻扮演了救急的角色；有它，方便多了。

尤其對我這個整日忙亂，忘性大的廚下拙婦，常在臨場時才發現缺醋少油，解下圍裙，直奔小雜貨店，幾分鐘就買全了。有朋自遠方來，留茶待飯，買包花生米下酒，買瓶冷飲待客，不會怠慢了客人。

更可喜的，它經銷全省各大小報。換著看，豈止能知天下事，還可以飽覽不同風格的副刊。碰巧看到文友的大作，趕快買一份，電話報佳音，剪下寄過去。

雜貨店的老闆，是位豪爽可親的退伍老兵。據說他十三歲就從軍，少小離家在

軍中做小伙頭軍。許是兵荒馬亂時代的軍中生涯，讓他看透人間悲慘生死，他有一副悲天憫人、愛管閒事的豁達胸襟；垃圾車來了，他不但對隨車清潔員奉茶遞菸道謝，還幫老弱鄰居丟垃圾。

他的店前常擺著木凳、竹椅，午後常是高朋滿座，都是附近的販夫走卒的小市民，偷得浮生半日閒，來此小憩。喝杯清茶，談談時事時人，吐吐小市民的心聲及心中塊壘。有時走過，聽他們高談闊論，看他們愉快的神色，內心也感染了那份聊天之樂。

雜貨店的隔壁是賣雞人家。

嚴格的說，只是老闆娘賣雞，老闆另有專業。

每天一大清早，就見老闆娘站在攤子前忙碌著。

這位老闆娘不但手腳俐落，服務也周到，遇到抽不開身的主婦，可以電話買雞，在空檔的時間騎著機車送到府上。老闆娘很會安排生活。由於早上起得太早，下午

是她的休市時間，關閉雞攤子，睡個午覺，或打扮得整整齊齊出去走走，或坐在門口和鄰居聊天。她說：「賺得夠呷就好，不要太辛苦啦！」這大概就是她每天快樂過日子的原因。

賣雞人家的緊鄰是菜攤子。老闆娘也是位勤勞能幹的女子，她賣菜，也種菜，在附近河堤的空地上，她有個菜園子。清晨起來現摘現賣，她標榜她的菜「沒有撒農藥的」。其實用不著她促銷，附近的主婦都喜歡光顧她的菜攤子。因為那些菜總是特別翠綠，那些小黃瓜總是頂上帶著小黃花，四季豆還帶著蒂梗。有時空閒，她會自動幫客人揀菜，青菜去梗、蘿蔔削皮，最後還塞把蔥、一塊薑送給客人。那種超級市場沒有的人情味，讓人感到溫暖。

另外兩戶人家，一家是修鞋修傘的，老闆的手藝會讓舊鞋變新履，破傘完整如新傘。一家是收購舊報舊書的。我每次把廢報送給他，隔一陣子的舊雜誌，和捨不

得丟棄的舊書也奉送，解決了我家書報雜誌的氾濫之災。老闆告訴我，他把書和雜誌整理一下，賣給舊書攤。如此，也讓這些書裡的知識智慧，能繼續發揮它的傳播功能。

處身在物質豐富的時代，現在社會大眾崇尚繁華，追求富裕的生活。而小巷人家卻自得其樂過著樸實、充實的日子，以「知足常樂」的豁達心情過每一天。他們也讓我看到善良的人性。

最近，聽說小巷人家要拆除，因為他們的家都是占據道路的違章建築。拆除後雖有補助款，卻不足以購新屋，他們開始為「何處是兒家」而發愁。

而我，雖然衷心希望祝福他們不久會由陋屋遷入新房，卻有著不捨和悵惘。近二十年的鄰里情，和那濃郁的人情味，將從我的生活中消失。

第二輯　浮世心情

由這些工友身上，我看到經驗也是學問。很多初來乍到的主管，視資深老工友為識途老馬，有些事還要向他們請教呢。

摘自〈小螺絲釘的故事〉

閒

冬日多陰雨的臺北，接連幾天都是晴朗的天氣。傍晚的夕陽分外紅豔，散射在天際的霞光，把社區公園染上溫暖亮麗的光彩。老榕樹下的原木桌凳也泛著亮晶晶的橙光，漂亮極了。很想暫停腳步，坐下來看看藍天夕暉。

昨天又經過，發現老榕樹下的桌凳圍坐了四位老太太，正聚精會神的玩紙牌。每個人臉上的從容怡然神情和夕照相輝映，宛如寧靜安詳的圖畫，可以用「閒」為題。

我放慢腳步欣賞這幅畫，羨慕她們會尋找生活中的樂趣，享受「閒」中趣。

我想起半年前由公職退下的老同事，在電話裡訴苦：「好無聊哦，寂寞死了，我好像在等死！你當年是怎麼適應這種無所事事的日子的？」

由忙碌的上班打卡日子，一下子變為空閒的家裡蹲生活，無聊、空虛，是退休人的煩惱。因為不知道去尋挖生活中的樂趣，享受閒暇之福，這是我投閒置散多年的領悟。

我當年在情勢所逼下提早退休。女人事業的第二春，就像婚姻的第二春，是可遇不可求的。幸虧平日喜歡塗塗寫寫，順理成章把副業變正業，以家為辦公室，大展鴻圖。可喜那些年報紙副刊是獨霸的消閒版，經濟景氣時代，接專欄、寫方塊、散文、小說、報導通吃，埋首製造成品，不是為五斗米（稿費菲薄），也沒有鴻鵠志，只為填滿空閒時間。

那時家住在敦化南路、和平東路口那一帶，敦化南路還是草莽荒野地，林安泰古厝座落其間，古香古色掩映在老樹綠藤裡，像圖畫中的香格里拉。偶爾路過，遠遠欣賞，心中許著願：要抽個空來瞻賞一下。腳下卻匆匆，我要回家趕稿。

寫稿趕稿，不知不覺中敦化南路二段拓通，漂亮的大馬路直通忠孝東路，寬敞

的安全島上的樹苗成華蓋綠蔭。我許願找一天沿著敦化南路走到忠孝東路，完成「馬拉松」散步的壯舉！現在不成，明天有一篇稿子要繳。

巷口的梅花戲院由開張之慶響徹天際的鞭炮聲，到週末假日好片上檔購票的長龍隊伍，出出進進巷口，我和丈夫說了無數次哪天趁非假日來看場好電影。但寶貴的時間不可浪費，我要趕稿！

直到我搬離，沒有走進古厝，沒有跨進梅花戲院，沒有完成散步壯舉。而今，每次經過總有「錯過」的悔意和悵然。

「閒」在人人為五斗米折腰、為愛拚才會贏的事業而奔忙的社會上是件奢侈的事。

「閒」，在「忙」才是有辦法的人社會觀念中，是沒有出息的表現。

於是，很多人不甘於「閒」，為忙而盲目的製造「忙」，填滿空閒的日子，解除內心的寂寞，而去無事找事忙。

對我，那段日子只因自己製造「忙」，而犧牲了享受生活中很多的樂事。

人生的第二春不僅在工作上、婚姻上，而也在生命上。退休後的「老閒」生活就是生命上的第二春。

鄭板橋曾詩吟「老來可喜」。現代人的老來可喜是子女羽毛豐，成家立業，仔肩無擔。不必為五斗米等因奉此，案牘勞形。無欲則剛，遠離人事傾軋，免煩惱。

老來可喜，可以做自己喜歡做的事；旅遊、學書法、學畫兒，是增見聞、怡情養性的賞心樂事。看場好電影、聽場音樂會、欣賞一次畫展，是心靈的盛宴。晨起爬山、親近大自然、保健、交山友，甚且在老榕樹下玩牌、看變化萬千的牌中趣也是樂事。我們真要感謝有「老閒」的日子，脫離了牽牽掛掛的壯年，邁入瀟瀟灑灑的老年，讓我們有閒情逸致去品嘗人生中諸多美好的事物。

而今，我常疏懶提筆，先去看個畫展，或和朋友喝個下午茶，或參加一個不是主角的會，做個捧人場的朋友，理直氣壯的做個快樂的閒散人。

小品四帖

遊

閒聊時，幾個人提議出遊。

到哪兒呢？不想去觀光，不想去度假。只想走出呆板不變的生活圈子，從另個角度看看這個大千世界，讓生靈不要變成「坐井觀天」的井底之蛙。

去年，也是年關時刻，幾個人到陽明山住了一夜。回來告訴女兒，女兒睜大的眼睛裡滿是問號：「媽，你們腦筋沒有問題吧！去陽明山玩，當天可以來回。」那句「何必住一夜」沒有說出口。

其實，我們出遊重點就在「住」。

住在外面的心情不同。

住在外面對家庭主婦是解放；不必灑掃庭房，遠離爐灶，有位閨友說她出去旅行最快樂的事是不必進廚房。也難怪，女人從走下結婚紅毯邁進新房，半輩子洗手做羹湯就成了無形的責任之枷。

住在外面心情像飛出樊籠的鳥，像蜷眠在冬陽下的懶貓。住在外面最大的快樂是恢復了自我。那種自我唯有在做住校學生才有；做自己愛做的事，想自己的心事。身邊如果是時常見面的朋友，有同窗相聚的輕鬆爽快。脫下世故的外衣，不拘小節，可以暢談，互相調侃，只要分寸的拿捏不逾分。

聖誕紅與素心蘭

在出遊不求遠的前提下，這次到劍潭。在劍潭公車站集合。

不遠處就是官邸的蘭園。從前偶爾開放，現在是臺北風景區遊玩的定點。

進門是長長筆直的廊路，兩旁高高的椰樹成行，間隔幾株樹身上掛著聖誕紅的花籃，火紅美艷，遠看如美麗的路燈，浪漫迷人，給這條路平添旖旎風光。

咫尺外是喧鬧的紅塵，這裡卻是幽靜的村園，綠樹蒼翠、花圃繽紛、路亭優美、鳥鳴清脆、花香襲鼻。天上的薄雲雖遮掩了冬陽的溫暖，但篩撒下冬陽的溫暖。遊人不多，忙碌的大都會臺北，為生活事業打拼的人多，有幾人能如我們如此瀟灑出遊？幾個人坐進路亭，唱個歌兒助興：「雲淡風輕，微雨初晴，假期恰遇良辰……」

那邊有兩對將走上紅毯的新人拍結婚照，很辛苦的擺姿態等鏡頭，但卻滿臉的幸福光輝；「歌聲履聲，一程半程與子偕行，偕行！」這廂唱著，算做為陌生人對他們的祝福吧！在我眼裡，他們如往昔的我。啊！生命如花籃！現在，他們猶如掛在樹上盛放的聖誕紅。而我們就是開在路亭旁的素心蘭。不管是艷麗的聖誕紅或默默吐露芬芳的素心蘭，在花的世界中都有它的特色。就如我們的生命階段，有每個階段的不同。

挑燈夜聊

夜宿活動中心，做竟夜「聊天」。

聊天，家鄉話「開嗑牙」，是隨興的談話娛樂，海闊天空任馳騁；批評時事，一吐心中塊壘、家庭子女的瑣碎，交換家家有本不同的經驗心得。憶往懷舊，互享往昔生活中的甜酸苦辣。很奇怪的是很多話對家人子女講引不起共鳴，和朋友聊卻心有靈犀一點通，這大概是朋友的魅力之一。

聊天最大的快樂是發洩紓解情結；如果內心鬱卒，找朋友聊聊，頓覺內心豁然開朗。西諺：「由事業得金錢，由談話得智慧」，人生海海，每個人有每個人的如意、不如意，一切以豁達的心情面對，會活得快樂。

心中方塘

到關渡是去看美麗的關渡大橋，古蹟般的廟宇——關渡廟。

大雄寶殿內香煙繚繞，眾多善男信女虔誠膜拜。

中國人不管信不信佛，對廟宇有種敬畏的尊敬。大概在這裡強調人性的善惡，生命的輪迴，面對人生是什麼的問題吧！宇宙間是否有普渡眾生的觀世音，面對困境時，不會那麼徬徨，而度過人生不可免的險灘。宗教的信仰原是一帖內心的靈藥。

其實關渡廟是個有中國藝術之美的廟宇，加上四周美麗的淡水風光，登上依山勢築起的廟宇最高點，眼眸所及淡水迤邐，可惜淡江落日因薄雲掩遮而未能見。但在午後煙嵐淡繞中，江水蒼茫，宛如一幅淡彩揮灑的彩畫。不去奢求人生諸般的欲望，人間處處是絕美的駐足地。

上班族說出遊是「度假」，抖落一身工作疲倦。

我們這些揮別工作崗位、家裡蹲的井蛙出遊是開拓心靈視野。在死水般的生活裡，移來天光雲影共徘徊的半畝方塘。

臺北街頭咖啡座

阿扁市長又出新點子，闢臺北市靠近東區的安和路為都市休閒區，遍設咖啡座，讓「愛逛族」有地方溜腿兒散步。累了到咖啡座歇歇腿，享受一會閒適浪漫的情調。

缺少旅遊休假條件的臺北人是很寂寞的，因而喜歡湊熱鬧。我也不例外，趕著去看「臺北街頭咖啡座」，享受一下街頭的浪漫情調。

提起「浪漫」就想到以浪漫聞名的巴黎。而巴黎有名的「香榭麗舍大道」兩旁的行人道旁也設了咖啡座。

在未去法國旅遊前，以為法國人的「浪漫」就是情人當街擁吻。夫妻在眾目睽睽下摟抱。或你看著我，我看著你，兩情相悅的繾綣。

錯了，其實法國人的浪漫是很優雅的，也很含蓄，愛情訊息的小動作都在自然的舉手投足間。當我和丈夫雜在其中，他在前面急急走，我在後面緊緊跟，一看就知道是來自保守國家的一對怪胎，而不由得自慚形穢起來。

坐在香榭麗舍大道旁的咖啡座上，看穿梭在行人道上的法國人，直覺得他（她）們好可愛，好優閒，好幸福。情人或夫妻牽著手、攬著腰：自然而不惹眼。瀟灑自在，好整以暇的踱著，輕便的休閒服裝，自然而然流露出優雅的神態。

在咖啡座上的這些黃髮碧眼兒也是一派的優閒，他（她）們靜靜的對坐著，不時啜一口面前的飲料，輕聲細語透著柔情蜜意。但大多數是默坐閒眺街景，享受那無聲勝有聲的繾綣情。

我們去的那天是暮春時節，有春陽的午後，人行街道上春花盛開，路旁的梧桐初展新綠，紅白藍條的國旗飄展在新綠之上，彷彿昭告世人：「法國就是法國，我們這兒是法國！」而漸行路面漸高的香榭麗舍大道盡頭就是那雄偉壯麗的「凱旋門」。

當然，寬敞的大道雖然車如流水，但不塞車，好像那些車輛也順序優雅的前行。

而人行道上雖然人群熙攘，路上卻一塵不染。

　　而那天我們用偷得浮生半日閒的喜悅走進臺北的安和路，只見萬頭鑽動，投身人群是摩肩接踵人擠人。路旁的咖啡座已是座無虛席，大家只好擠在街上人看人。沒有優雅的氣氛、浪漫的情調，倒像都市廟會般的熱鬧。

　　也許我們的休閒文化有待培養。也許，好奇心消失後，臺北人也會像巴黎人懂得優雅和浪漫是靠大家經營的。

　　不過，外縣市的朋友們到臺北來做客，不妨抽空到安和路瀟灑走一回，開開眼界，逛逛臺北街頭的咖啡座，小啜一杯香醇的咖啡。

小螺絲釘的故事

政府的大官兒常自謙是「公僕」。我在公家機關當了多年公務員，看遍官場裡形形色色的大小官，我認為最夠資格稱「公僕」的，是裡頭的「工友」。

「工友」是公家機關裡最起碼的基層人員：位卑、職賤、薪少。他（她）們的工作是開門、掃地、抹桌椅、倒茶、送公文、跑腿，有的還兼主管長官公館裡打雜的。

別看他們位卑職賤，卻是大機器裡重要的小螺絲釘，缺了它，運轉停擺，影響工作進度哪！

譬如我們辦公室裡的工友小汪，有一天早上上班途中出了車禍，未及請人代班，我們那天到辦公室就吃了閉門羹，還得親自出馬去找大門鑰匙。進門後不是窗明几淨、熱茶伺候，而是滿目狼藉、桌上蒙塵、杯髒茶冷。沒人接電話，公文自己送，我們幾個同仁過了最狼狽的一天，才體會到小汪的勞苦功高。

我服務的機關龐大，工友眾多。他（她）們能爭得這個職位，有的是經有力人士的八行書推薦，有的是在單位裡服務的親友介紹，多是受教育不多，僅求養家餬口，或是半工半讀的夜校生。

所謂「一樣米飼百樣人」，我工作的單位是管理檔案資料的，和「工友」接觸最多，平常來來往往調卷的都是各單位工友。

他們有的乖巧，靜立一旁等待找卷。有的大咧咧一屁股坐在空位子上。那拘謹靦覥的，一定是初來乍到的菜鳥；那報告大局、小道「消息」或是說閒話的，則是混熟了的老油條。

雖然職位低，但年輕人有大把的青春歲月，有的力爭上游，後來麻雀變鳳凰。

有一年某單位來了新工友，是個讀夜校的小女孩，長得眉清目秀。她來調卷時

腋下常挾一本書，在我們找卷宗時，她就站在一旁看書，我以為她看的是女孩子最迷的瓊瑤愛情小說，仔細瞧瞧原來是課本。

熟了才知道她父母是市場的菜販，弟妹多，她雖然考上北一女，卻自願讀夜校，白天工作補貼家用。

因為她的乖巧敬業，工作表現好，主管都喜歡她。由工友而雇員，她一直帶職進修，還高考及格。我退休後回去看同事，發現她已是一個小主管了。

她讓我看到「英雄不怕出身低，命運掌握在自己手裡」的例子。

也有讓同事頭痛的工友。有個常來調卷的男孩叫阿輝，渾身是吊兒郎當、桀驁不馴的調調兒，每次來，屁股便像塗了膠，黏在椅子上不走，看報紙、趴在桌上打瞌睡，總要打發他來調卷的同事，用電話三催四請。我們問他，為什麼如此不乖？他振振有詞地說：「買早點，公保拿藥，買香菸，回去就沒閒啦！」說完，竟然還加上一句臺灣話三字經。

大概他太囂張了，氣得他辦公室同事聯名簽署要換掉他。

他的父親是我們機關的資深工友，知道兒子闖了禍，到辦公室打躬作揖，請大家不看僧面看佛面，高抬貴手放兒子一馬。聽說當時他老淚縱橫責罵兒子，大家生了惻隱之心，暫留察看。

許是舐犢情深的老父感動了他，他漸漸收斂，公餘之暇也知道自修，後來考上大學夜間部。

士別三日，刮目相看。有次我在公車站翹首等車時，一輛黑頭嶄亮的轎車在路旁停下，車窗內一位紳士探頭喚我：「×小姐，妳到哪裡？我送你一程。」看他似曾相識，後來恍然憶起——那不是阿輝嗎？

上車後，才知阿輝已非池中物，現在是中央機關裡的官兒啦。浪子回頭金不換，人生的坦途隨時都在前面，只看我們如何踏上去。

至今難忘老許，老許是退伍老兵轉業，孤家寡人一個，以辦公室為家，是全勤工友。

他以服務為樂趣，不僅辦公室裡雞毛蒜皮的事要管，同事的公事私事只要託他，

他也努力以赴，以求圓滿達成。

惟有一樣——他嫉惡如仇，口無遮攔；又愛聊天，每次來調卷必報告一些小道消息，批評時政，罵爭權奪利的大官。他的口頭禪是：「沒有俺這種人槍林彈雨中來去，他們有今天嗎？」山東腔大嗓門，我們只有洗耳恭聽。知道他脾氣的人都不願招惹他，高級主管對他更敬而遠之，怕遭言詞上的掃黑之殃。

他退休後如煙般消失，我們辦公室顯得冷清多了。工作清閒時，大家還很懷念他那潑婦罵街式的諤諤之言。

由這些工友身上，我看到經驗也是學問。很多初來乍到的主管，視資深老工友為識途老馬，有些事還要向他們請教呢。

歷久彌新話老歌

華視每星期天下午二點有個「勁歌五十年」的節目，專播老歌，為了看這個節目，我常坐計程車由外面趕回家。

所謂「老歌」，是指崛起於五〇年代歌壇的流行歌曲。

其實如果溯自抗戰年代時，「老歌」已是市井小民喜歡聽的歌曲了。當抗戰最激烈時，很多愛國的作曲家、音樂家譜作了很多激勵士氣的抗戰歌曲。於是坊間流行兩派歌曲，一派是激昂慷慨的抗戰歌曲，一派是婉約溫柔的流行歌曲。而軟性的流行歌曲被一些人譏為委靡的「靡靡」之音。

但這些「靡靡之音」的歌，歌詞通俗，曲調優美，更有些歌詞也很典麗，吸引了社會大眾。而流行歌曲無非是頌唱人世紅塵中的情呀、愛呀、癡貪瞋的情緒，唱出凡夫俗婦的心情。在那個烽火遍地、戰局一日數變的年代，惶惶的人心，暫做商女隔江猶唱後庭花，在靡靡之音中，以鴕鳥心情紓解一下情緒，未可厚非。

由於喜歡聽流行歌曲，愛屋及烏，連帶也喜歡唱歌的人，成為心目中的偶像。「周璇」這位歌星就崛起於抗戰時的流行歌曲的歌壇上，在流行歌曲的天空中，成了一顆永不墜落的星辰，她所唱的歌至今仍流行。

周璇由唱優而演，走向銀幕，成了電影明星，導演讓她盡量發揮所長，電影裡開始有了插曲，這些歌曲都是作曲家依照劇情而寫。但電影明星並不是每位都是歌星，於是又有了幕後代唱，又紅了很多歌星，也使電影走上「聲影」皆有的娛樂。

歌曲是藝術作品，它結合了聲音詩詞語言成為歌曲，能感動人心，激發意志。勝利後政府遷臺，百廢待舉，在華路藍縷，重建臺灣的歲月中，政府也充分利用了電影和歌曲打動人心的功能。聽：

啊！……

美麗的寶島，人間的天堂……

高山常青，澗水常藍，

阿里山的姑娘美如水，

阿里山的少年壯如山……

這都是光復之初的電影插曲，輕鬆快樂、活潑進取的風格，發揮鼓舞社會人心，樂觀進取的影響力量。而至今在老歌中仍佔一席之地，被愛歌的人經常頌唱，也給臺灣寫下一頁歷史。

到五〇年代，電影片中，幾乎無一片無插曲；女主角亮歌喉，男主角也高歌一曲，到男女對唱，最後竟然喧賓奪主，劇情對白少於歌唱，劇情用歌曲來推動。觀眾有影和歌兩種享受，那些年是中國電影最風光的年代，每換片院門前大排長龍，

「黃牛」票高出兩三倍。

其中最是風光的，是「黃梅調電影」，把淩波由默默無聞的小演員，捧成了天王巨星，一部「梁山伯與祝英台」，全是黃梅調歌曲。梁兄哥第一次由香港到臺灣勞軍，松山機場人山人海，歌迷影迷爭睹風采！

由於「梁祝」一片的佳績，電影界一窩蜂拍黃梅調歌曲的電影。至今「戲鳳」、「郊道」是卡拉OK中最受歡迎的歌曲。前不久，在國父紀念館舉辦的老歌演唱會，老牌名影星蔣光超先生還自帶行頭，演唱「鳳還巢」，逗趣、歌聲嘹亮不減當年。而在金鐘獎頒獎會上，高歌華視名劇「包青天」的主題曲，架式、歌藝堪稱寶刀未老！

薑是老的辣，「勁歌五十年」節目中，更凸顯了這種火候。「勁歌」以唱老歌為主，敦請老、中、青三代歌星在節目中演唱，相比之下歌藝老鳳更勝新鳳。文學與藝術需要人生閱歷的詮釋，他們由年輕唱到中年，由強說愁的年紀，唱到世事滄桑點滴在心頭的年齡，對歌曲中的含蘊自有一種體認詮釋。當我聽青山、謝雷、孔蘭薰、趙曉君、吳靜嫻……等人的歌，如飲醇醪，比昔日更有韻味。他們演唱時全心的投入，嫻熟的運用聲音的技巧，讓老歌不因歲月的演變而失去魅力，反而在歌唱的天空中，如午夜熠熠耀眼的彗星；這大概是老歌歷久彌新的原因吧？

也許是我的偏愛，除了老歌多變化又溫柔的曲調，我更喜歡一些老歌的歌詞，那典雅優美，如詩詞般的歌句，常牽動我的心弦，走入夢幻般的美景中。聽：「畫樑上呢喃的乳燕，柳蔭中穿梭的流鶯，一片煙漫……。」

有些歌也讓我感慨惆悵，有一天聽小外甥在唱：「我的青春小鳥一去不回來……啦，啦，啦……」我奇怪的問他，是否在電視上學的，他說不是，是聽他爸爸常常唱，也就會唱了。

他的爸爸喜愛音樂，有很好的音樂造詣，但投身在忙碌的工作後，唱片蒙塵、音響喑啞，遠離自己所愛，只有高歌：「我的青春小鳥一去不回來……」了。

的確，人到中老年，誰人不興時不我予的感慨呢？只有在歌中去尋昔日青春舊夢。

樹的故鄉

「這美麗的香格里拉，這可愛的香格里拉，我深深的愛上了它……。」車子進入樹木夾道的「樹道」，沿途的樹猶如著了綠制服、戴著綠尖帽的衛兵，肅立迎迓我們。我忍不住低唱起來。

「這一排排整齊的樹好漂亮哦！是什麼樹呀？」有人驚喜的問。

「那是杉樹。」識樹的人回答。

杉樹道的盡頭是中部有名的惠蓀林場入口的大門。

我不願說這個在群山環圍的林場是世外桃源，我要說它是人間的「香格里拉」仙境；遠眺群山疊翠綠意逼近眼前來，近覽群樹蒼翠陷身綠色世界裡。在綠色的懷

抱裡，一組木屋前廊上，一把一把白紅條相間的遮陽傘下，是小巧的白桌白椅，像極了巴黎香榭麗舍大道旁的咖啡座。是惠蓀林場獨特的一景——深山裡的咖啡座。面前一杯香味繚繞的咖啡，坐在群山環抱，綠樹簇擁中看藍天，眺白雲，比那「柳絲參錯，花枝低椏……」更像一幅彩畫；是深山裡的「香格里拉」彩畫美景。

而這個深山裡的咖啡座咖啡是林場種的。我們這群都市的遊客，聞過咖啡濃郁的香味，品嚐過微苦的芳香，但很少人看過咖啡樹，因而對咖啡樹特別驚艷。我們蹲圍在那長在斜坡上，如矮灌木的咖啡樹前，彎腰尋覓，呀！枝枝串串，圓形小紅果子正垂掛在橢圓的樹葉下展紅顏，那就是咖啡豆呀！

陪隨的許博士管理處長解說，這些咖啡樹是移自國外試種，而今有成，綠葉成蔭子滿枝，臺灣終於有不是舶來品，名為「中興牌」的國產咖啡可喝了。

其實惠蓀林場是一個實驗林場，是育樹、種樹、改良樹的品種、研究尋找適合臺灣樹木的品種林場。它是國立中興大學有關學系如森林、植物的實驗室：「栽成百種苗，育就千般種」是它追求的目標。

由於轄區包括海拔二千四百公尺的守城大山，和海拔僅五百公尺的北港溪峽谷，森林有原始的、有實驗的。也因氣候分溫帶林、暖帶林和亞熱帶林，樹木有針葉樹、闊葉樹、竹類，林相優美各有丰姿。粗獷的、挺拔的、婉約的、典雅的千姿百態，都是蒼蒼鬱鬱生意勃發，堪稱臺灣樹木的故鄉。

森林，是上天賜給臺灣的財富資源，它曾在我們經濟發展上佔重要的一席。外子曾在林務局前後工作十多年。「林務局」顧名思義是管林業的，很多朋友奇怪學工程的外子怎麼會搞林業？其實他當初是被局長請來管理工務部的工作。林務局早期拜林木豐富之賜是產業機構，那時木材還是建築業的主流；韓國、日本所需的枕木，新加坡、東南亞一帶的建材，甚至遠銷美國賺外匯，經濟價值雄厚。上山伐木，運材下山，主要交通工具是小火車、索道。外子主管阿里山鐵路近十年；第二次回林務局總局綜理全省各林區管理處的工程工作。

砍樹容易，種樹難，大樹成巨木要漫長的時間。現在林務局業務風光不再，以植樹、育樹苗為主要業務。並開放各林區，經營為森林遊樂區，為國家開財源。惠蓀林場在這方面也是個成功的例子！培育樹木兼遊樂。

臺灣氣候溫濕，是適合植物生長的地方。冬季沒有霜欺雪虐，常年雨量充沛，種下的植物輕易的能成長。

但很奇怪，在北京的馬路上我看到沒有盡頭的、很氣派的白楊樹在安全島上耀武揚威。在南京的馬路上，不知樹名、樹姿很奇特的行道樹，手臂相攜搭成樹棚。在瀋陽，我曾在清晨站在馬路上，癡癡的凝望久違的柳樹行道樹，看它那千絲萬縷織成的綠色簾帷在晨曦裡曼妙婀娜的飛舞。而在金門，我曾為那如火如荼的凝結成一片橙花海的木棉花而目眩神迷。

但在臺北，除了特定的公園，路樹大概受車塵路土的污染都奄奄了無生意；仁愛路上的路樹總有風塵的老態。羅斯福路上的木棉，每到花季只曇花一現，綻露星點的紅顏。

而在我家後院，也別有一番洞天福地；有一年由公路花園攜來一株炮仗花的幼苗，現在每年春節前後，它就劈哩叭啦的綻滿枝頭橙紅的花。另一株是由大雪山移

植來的「松」，它是雪山上苗圃的產兒，當初真擔心它適應不了平地酷熱而夭折，而今已是枝葉茂密的大樹。我在它的枝椏上掛了幾盆蘭花，它成了護花使者。其餘的是些小草賤花，倒也把後院點綴得萬紫千紅，四時有不謝之花。

住的是公家宿舍，老、舊，唯一讓我得意的有一角可經營綠色世界的後院。在寸土寸金，家家越住越高，踏不到泥土的都市人，我真的是得天獨厚。

這一角綠色的世界，是我心目中的「香格里拉」，可以暫躲塵囂、忘世憂、撫失意，還我片刻寧靜，再以新的心情出發。

由此看來，在臺灣，臺北綠化不難，只要有有心人的行動。大的環境由專家去推動實踐，這一方面已有中華民國環境綠化協會的諸位「綠手指」博士們的輝煌成績。小的環境由每家戶長殷勤的拈花惹草，爬山旅遊時討一株小樹苗，逛花市時抱盆花兒，相信會綠滿寶島，也如惠蓀林場般，臺灣會成為樹的故鄉，和有「香格里拉」的美譽。

醜樹——木麻黃

第一次見到木麻黃是在澎湖。

澎湖是離島。

離島在二十多年前，是窮鄉僻壤，孤懸海外不毛之地的名稱。

六十多年間，丈夫任職的水利局在澎湖修築一座水庫。修築期間，他以主管身分去看工程進度，我情商他雜在一群工程人員中做了不速之客。

那時，國家十大建設正如火如荼的展開。做為一個文字工作者，對國家建設，我有參與的熱誠。離島的建設雖然不在十大建設計畫之內，但我要去看看臺灣的一群工程師，是如何在風沙漫天、孤懸海外的貧瘠小島上做著「建築天堂的美夢」；

給不缺水，卻缺少淡水的澎湖一座瓊漿玉液甘霖之泉——建築「成功水庫」。

乘坐的小飛機一路順風的降落在馬公機場。說「它」是機場是抬愛了它；一個草地、黃土地混合的廣場，廣場盡頭一根旗竿，竿頂上飄揚著紅白相間條子紋風帆就是塔臺。

小飛機落地後，下了飛機，我的長裙如傘般展開，窘得我手忙腳亂，讓我領教了「澎湖風」的強勁。坐上小工程車駛往馬公市區，沿途無人煙無植物，黃土地連綿。路旁唯一綠色景觀是整排伸向遠方的「歪脖子」醜樹。

這種樹說多醜有多醜，矮小如武大郎，瘦伶伶得像營養不良的肯亞飢餓兒童。樹葉似松非松，如柏非柏。一半兒墨綠，一半兒枯黃。它們一律如站排的小兵倒向一邊；像歪著脖子看右邊。

在強勁的澎湖風裡，這些醜樹痀瘻著的樹身，歪著脖子的姿態，彷彿是一群弱小者，日夜在曠野裡和狂風對抗，以無比的毅力掙扎求生存。

進了馬公市區，它無所不在：路旁、空地、海邊、碼頭、花生田旁。

幾年後我到金門，又見這醜樹在金門每個角落出現；就如金門街上穿梭著的草綠色軍服士兵，成為金門特殊的景觀。但出落得挺拔了。

一位預官告訴我這種醜樹叫「木麻黃」，只因為它們適於生長在海島的土地上，就無所不在的繁殖、茁壯。直到日前應邀隨農委會、中華民國環境綠化協會去參觀沿海及漁村造林的成果，才對它刮目相看；原來它是保護臺灣土地生態的先驅樹種。

臺灣地區由於自然環境特殊，地形地勢陡峭，地質脆弱，加以海洋氣候的影響，常年遭颱風暴雨侵襲，必須加強森林覆蓋，以保護地質。又因為是海島，地質多屬砂地，海風強勁，飄砂為害，而影響破壞耕地、漁港的生態。除了加強自然森林的維護，造林是最重要的課題；如區外保安林、耕地防風林、海岸造林，以維護生態環境，並涵養水源，綠化環境。

而木麻黃是最佳的防風林種，同行的林木專家陳教授告訴我們，木麻黃耐旱、耐水淹、耐鹽浸。尤適合在炎熱高溫、乾濕氣候分明的季節風地帶生長，防風砂最具成效。

尤以引進培育的山木麻黃，樹形美觀高大，生長快速，最適合栽種在貧瘠、險惡、鹽份大、海風強的海岸地區，是此行在漁村海岸最常見的樹種。

但在沿海一帶種植木麻黃不易，由於海岸附近風砂大，木麻黃的種植小枝扦插後，必須築「防風籬」保護，讓幼枝能在惡劣環境裡成長、茁壯成樹，而蔚然成為防風林。

以臺中港為例，臺中港位於臺灣西海岸中央，是在沙灘上闢建出來的人工港口。冬季受季風影響，經常飛沙漫天匝地，建港工作倍加辛勞，據說當初現場工作人員一天下來，都是土頭土臉滿身沙塵的沙人。復經港務局策劃，配合建港工程，也同時進行防風林造林及定沙工作，木麻黃小兵立大功。而今臺中港從一無所有的一片沙洲，變成了一座優良寬闊的大港，擔負起一份工業起飛，經濟發展，對外貿易的責任，木麻黃之功不可沒。

建港十二年來，防風林、各種林木的種植，還有一座花木扶疏、幽靜美麗的「港區公園」誕生，綠化、美化了臺中港。

認識醜樹近二十年，現在它已不是矮小營養不良的醜樹，而在林業專家研究培育下，出落得高大挺拔，蛻變成美麗的俊樹。也才知道它堅苦卓絕的樹性；哪兒有海岸、有風沙，哪兒就有它的影子，猶如捍衛臺灣土地的尖兵。

這次離開熙熙攘攘、名利紛爭的大臺北，走向林野、鄉村、海邊，更感到我們處身的這塊土地是個好地方。只要我們肯努力，大地不會辜負努力耕耘的人。我更知道，有一群人，為維護這塊不受大自然災難的侵害，常年默默的以奉獻的心工作。他們個個是綠手指，要讓寶島變為處處有樹，真正的綠色「福爾摩沙」。

水果之鄉

今年回哈爾濱時，正逢初秋。秋天，是北方水果盛產的季節。

喜歡吃水果的我，打定主意回去大啖秋果，重嚐兒時常吃的水蜜桃、黃杏兒、紅棗子、水梨兒。

此行是先隨團旅遊，然後探親，到哈爾濱下了飛機，行程安排得緊湊，幾天來馬不停蹄，行色匆匆，無論在市區，或遊覽勝地，都看不到水果攤的影兒，直到有一天去「北山公園」，才在公園大門口看到一字排開的水果攤。大喜過望，趨前選購，水蜜桃的個兒碩大，半面紅通通，半面粉嫩，水噹噹，像小姑娘美麗的臉蛋。但梨兒的賣相不怎麼樣，又小又乾。棗子太小。在攤子上的香蕉竟然是長了黑芝麻點的皮相，我問老闆：

「怎麼沒看見杏兒？」

「杏？今年產量少，早罷園了。」老闆回答，還推介：「你哪，買桃子吧，桃兒好吃！」

我站在攤子前面，看來看去，只有桃的賣相好，其他的都是小鼻子小眼，營養不良的樣子。不禁想起臺灣那四季不斷的各種水果，又大又漂亮。

大家都認為，臺灣是個小小的島嶼，沒有大自然賜給的豐富資源。但上天賜給臺灣以土地，臺灣人就在這塊土地上辛勤的耕耘，努力打拼，而創出很多「臺灣奇蹟」——味美、豐碩、四季不缺的水果也是其中之一。

記得剛到臺灣時，吃的水果楊桃青綠的皮，小小的個兒，芭樂像乒乓球大，芒果只有綠皮的土芒果，葡萄酸得使人皺眉。蘋果是進口貨，貴得有錢的富人才吃得起。

現在，到菜市場看看，水果攤上萬紫嫣紅美得像花兒般的各種水果雜陳，而且

四季更替；春天的梨、桃，夏天的西瓜、木瓜、哈蜜瓜、鳳梨、芒果。接著荔枝、龍眼上市。夏去秋來，中秋節時文旦是應時的水果。初冬時椪柑、柳丁也亮相了。此時的葡萄粒大汁多甜如蜜。還有四季不斷的香蕉、楊桃，住在臺灣吃水果的口福不淺！

因為臺灣的水果養成我的高「品味」，到紐約吃那皮厚、又酸的香吉士柳橙，就懷念起臺灣那皮薄、汁多、甜蜜蜜的柳丁。到洛杉磯吃紅皮葡萄，就想起汁多的巨峰葡萄。到加拿大溫哥華看那皮色已乾黑的荔枝，像珍品般放在貨架上，就想起臺灣那皮紅肉白新鮮荔枝。臺灣水果品質之好、種類之多，堪稱水果之鄉，稱譽水果王國也當之無愧！

走遍全世界永繫我心的臺灣水果，可不是憑空由土地上自然生產得如此的豐盛，而是經由臺灣的農業專家以及果農們，共同努力研究改良品種、精心培育而耕耘的成果。

去南部的海岸線火車上，在頂崎沿海一帶，我曾看見連綿數里的瓜田，那是農業專家研究出的「沙丘灌溉」技術，使寸草難生的瘠地變沃土，而生產出纍纍的瓜果。

我曾到梨山的福壽農場，去參觀榮民們種植的蘋果林、廿世紀梨樹，產量多、滋味美，使當日的珍品水果，而今成了大眾的口福。

我也曾到鳳山農業實驗所參觀，看農技人員引進新品種的芒果種子，實驗培育、生產出紅艷艷、甜蜜蜜、新品種的大芒果。

在南投、埔里、東勢一帶，我看到連綿的蕉林、葡萄園，還有卓蘭的梨林，那一片又一片欣欣向榮的景色，讓大家看到臺灣中部水果之鄉美麗的風光。

卻沒料到九・二一大地震震央就在水果之鄉那一帶，大自然的天災，讓大地遭遇被摧毀的浩劫。果林、果園自然也逃不過這個災難。有好一段時間，臺北市面上的水果明顯減少，我最喜愛的巨峰葡萄連影兒都看不見了。我擔心有很多水果恐怕吃不到了。

那天在電視上看到一位記者，訪問水里的一位果農，畫面是滿面瘡痍的果園內，一位果農扶著枝葉斷折，看看落了一地未成熟的果子，傷心，但卻堅定的對記者說：

「重建家園後，我會守住這塊土地，再種植水果！……」

今天，我在菜市場上又買到巨峰葡萄，粒更大，汁更甜，驕傲敬佩之心油然而生：臺灣是震不垮的地方，是永遠的水果之鄉！

中國年

臘鼓頻催，年的腳步近了。可是，市面上的年味兒似乎比往年淡了。

一直喜歡過春節——中國的年；我喜歡那熱鬧忙碌的氣氛，那被中國藝術妝點得喜洋洋的年景。

記憶裡中國傳統的年景，全是被中國民俗的藝術打造得萬眾歡騰，如舞獅、耍龍燈、跑旱船、踩高蹺等；而家庭裡點綴年景的，是一些靜態的藝術。

記得兒時在老家，吃過臘八粥，祖父就開筆寫春聯啦。書房的大書桌上、地上，全躺著大紅紙和寫好晾著的春聯。我是拉紙磨墨湊熱鬧的小ㄚ頭。

祖父的春聯由臘月二十三寫到二十八。除了自家用的，還有鄰里親朋討的，可

忙煞了我那前清時代秀才的祖父。

走遍全世界，中國文字表現的美，含意的深厚，是獨一無二的。尤其是春聯，講究的是語詞的對仗、字音的押韻、含意的深遠；一幅春聯可以代表人們的心願，再加上端莊秀麗或龍飛鳳舞的書法，濃濃墨瀋寫在紅艷艷的紅紙上，嘩！真是酷呆了。看看這幅對聯兒：

「天增歲月人增壽，春滿乾坤福滿門」，道出了多麼宏觀的祝福。

除了這種洋洋灑灑的長聯，還有小品的「方斗」字聯如：福、祿、壽、喜，都是吉祥字。大年初一出去拜年，長巷內家家門楣上是紅春聯，門扉上是紅方斗兒，一片喜洋洋，展現著新年新氣象！

除了春聯，「貼窗花」又是另一種點綴年景的民間藝術。

窗花，原是大陸北方婦女的剪紙手藝，大姑娘、小媳婦、老太太，人人都會一手：把一方紅紙左摺摺、右摺摺，再左剪剪、右剪剪，打開來就是一張花樣兒。簡單的「囍」字兒、「春」字兒、「福」字兒；複雜的「菊花」樣兒、「梅」花朵兒，貼在玻璃窗上，滿室洋溢著喜氣。

記得中日戰爭時，我家逃到大陸南方一個荒僻小鎮上。小鎮物資貧困，我家的家具全是竹製品：竹床、竹桌、竹椅。那年過年，母親用紅紙剪了許多張吉祥字的花樣兒，貼在玻璃窗上、門扉上、床欄杆上、椅背上，老舊的室內，立刻「蓬蓽生輝」，有了新氣象！當地的鄰里看了嘖嘖讚美。

母親興起，剪了一堆各式花樣分送左鄰右舍，芳鄰「投桃報李」，回送我們許多自種的、自製的當地土產食物。那個年，是我此生感到最豐富、最溫馨的年。

大家都知道，中國的國畫是國粹，很少人知道中國的「年畫」也是獨一無二的藝術創作。

年畫，顧名思義是過年掛的畫，多用木版水印，特色是寫實、色彩鮮艷，張張畫內蘊含著「吉祥」意。譬如畫的是兩個穿了紅肚兜、梳著朝天翹的小辮子，合抱著一條金色的大鯉魚，是「年年有餘」。畫的是一張八仙桌子，上面堆著寶塔般金晃晃的金元寶，是「招財進寶」。為了討個來年大吉大利，買幾幅年畫掛掛，希望美夢

成真。

其實北方的年畫，不僅是吉祥畫，也延伸到民間忠孝節義的故事，以及民俗活動的描繪。如「臥冰求鯉」是孝感動天的故事；「王二姐逛廟」是喜感十足、逗趣的畫兒。

此外，「門神」、「灶王爺、灶王奶奶」的畫像，也是年畫的一種。前年新春時節，國家圖書館有個年畫展，我買了「門神」及「灶王爺、灶王奶奶」的畫兒，回來一一貼上。每次下廚洗手做羹湯，就看到慈祥的灶王爺、灶王奶奶望著我瞇瞇笑。

民以食為天，不要小看灶王爺、灶王奶奶鎮日屈居於廚下，飽受煙薰油烤，祂們可是「一家之主」哪！兒時在老家的廚房，看到供的灶王爺、灶王奶奶畫像上，橫披是「一家之主」，兩旁的對聯是「上天言好事」、「下界保平安」。

「祭灶」在臘月二十三，是灶王爺上天述職之日。祭灶時還聽祖父念念有詞地說：「灶王爺，本姓張，騎著馬，掛著槍，上上方，見玉皇，好話多說，賴話少講，再說把嘴給你黏上。」

話裡透著威脅，看在供奉的餞別盛宴和黏嘴的糖瓜兒分上，灶王爺只好隱惡揚善了，真是人間天上一般樣啊！臺語有句話：人在做，天在看，這真能保險灶王爺不偷偷把你的惡行告密嗎？

財神餃子

同鄉老友陳由南部到臺北出差，晚上請他到舍下吃餃子。正忙著包餃子時，芳鄰過來借報紙。看我自己擀皮兒包餃子，告訴我說：「巷口剛開張的超市賣冷凍餃子，各種餡兒都有，買現成的來煮多省事，何必麻煩？」

芳鄰不知我們這位老鄉是美食專家，嘴刁味覺靈敏，冷凍的和現包的一嚐便知。他常說冷凍餃子是懶婦食，和速食麵一樣，偶爾吃一次新鮮，多吃會倒胃。我與他有同感，待客以誠，我不願用冷凍餃子怠慢遠客。

芳鄰是本省人，餃子是大陸北方的麵食，她當然不知道吃餃子也講究「品味」；東北人包餃子講究的是皮薄餡大，韭菜餡要放些蝦米才提味；白菜餡要多些肥肉才鮮腴。

家鄉有句俗話：「好吃不過餃子，舒服不過躺著。」餃子在東北人心目中是無上的美味，是佳餚。吃餃子要挑日子：逢年過節打牙祭，有親朋來家做客，家有吉慶喜事。生活儉樸的鄉下人，平常難得包一頓「白麵」餃子吃。

東北民間包餃子吃也有很多講究：家人出遠門，包頓餃子餞行，取「僥倖」之意。出門在外凡事僥倖，化險為夷，一帆風順。新婚夫妻結婚時的合婚宴必有一道餃子。這道餃子只有兩隻，包的是紅棗，稱為「子孫餑餑」，取「早生貴子」之意。三十晚上接財神時的餃子稱「元寶」。初一中午吃的素餃子稱「吉祥果兒」。

北方包餃子又稱「捏」餃子，三十晚上捏餃子，是把小人的嘴捏牢，免得搬弄是非，搞壞了人際關係。三十晚上接財神的餃子餡兒，有幾隻要包制錢。誰挾到包錢的餃子，「來年財運亨通」。

記得兒時過年家裡包餃子是件大事，稱為包「年餃子」。中國傳統的大家庭人口眾多，包年餃子是艱巨的大工作，要包足夠年初五吃的。全家的女眷婆婆媳婦妯娌

總動員來包年餃子，大人和麵、剁餡兒、擀皮、包捏。我們小孩子主管運輸餃子到戶外；北方冬季酷寒，滴水成冰，天地間是個天然的大冰箱。屋簷下擺上幾口大水缸，包好的年餃子放進去，一轉眼就凍成如石頭塊般硬。我們堂兄妹們一邊運送餃子，一邊唱著煮餃子的童謠：「南邊兒來了一群鵝，噗通噗通就下河。」忙得好高興。

大人也有包餃子時的樂趣——聊天。說古論今，親朋間的趣事。祖母有件陳年往事，百說不厭，我們也百聽不厭。據說日俄戰爭在東北進行時，我家因房子多院子大，被日本軍借了前一進的院子做為駐軍指揮部。那時小日本還未泯滅人性，對我家很禮遇，從不到後面打擾民家。那年過年，很海派的曾祖父著人送了些餃子以睦邦交。第二天他們的軍曹特來拜年，用生硬的中國話對曾祖父說：「肉醬麵，大大的好吃，阿里卡多一馬斯（多謝之意）。」

是餃子的美味，還是難忘故國的風俗習慣戀鄉情結，我們一家人進了山海關後，走遍大江南北，到了不知餃子為何物的西南滇省，祖母和母親逢年過節，仍以餃子為餐桌上美味的主食。從小耳濡目染的家庭教育，雖然我不十分喜食餃子，但對它的一切象徵寄託有著不能割捨的認同。我也一直視餃子是「家鄉味」「吉祥食」，過年總要包頓餃子吃，家裡人遠行也以餃子餞行。大兒子出國讀書時，我還塞了一根擀麵杖在他的行李裡，以備他思家鄉味時自己包餃子吃，也讓他不要忘了故園情。

那時沒想到「餃子」這種中國純國粹的麵食，近年也漂洋過海到世界各地發揚國粹宣慰僑胞去了。在中國城，或有中國人群聚的地方，都有「餃子館」。而在臺灣，走遍全省各大小城鎮，「餃子館」處處可見。於今冷凍餃子又進軍超級市場，成為大眾化的食品。

但三十晚上接財神的餃子，我依然自己包。記得兒時家鄉家家都供有財神禡，我雖不供財神禡，發財的心卻很熱中。日前讀到一段財神頌的小文，讀來莞爾。小文寫：

財神手捧金元寶，世人見了都想要，舊歲已隨除夕去，春回大地在明朝，剪

下此圖牆上貼（指年畫財神爺），明天先見好預兆，元寶本是黃金做，價值更比鈔票高，沒它固然難度日，有它太多也不消，巧取豪奪枉費心，畫餅成空法難逃，不如節儉多積蓄，快樂平安定到老。

這段財神頌雖是勸世人不可太貪財，錢多了也煩惱，但世人還是喜歡錢財多多，中國人大年初一拜年，第一句話不就是「恭喜發財」嗎！

靈鼠

今年是鼠年。

中國的命理中有十二生肖均以動物代表；算算鼠、牛、虎、兔、龍、蛇、馬、羊、猴、雞、狗、豬中，鼠的體積最小，「膽小如鼠」這句話大概由此而來。

人要被視為「膽小如鼠」，此人必善良又窩囊，凡事不願出頭，事事退縮謙讓，又懂明哲保身的道理，這種人常是好人緣的好人。

可是，老鼠在我們觀念中是貪吃偷食、嚙啃破壞物品的動物。站在衛生角度看牠，又是散佈疾病的殺手。歷史上早有記載鼠疫流行死人上百的恐怖事件。

我呢，更認為牠有欺軟怕硬的小人行為。

記得讀初中時住校，冬天到圖書館去看書，喜歡吃花生米的我，在大衣口袋常放些花生米，邊看書邊吃花生米是雙重享受。有一次花生米沒吃光，留了幾粒在口袋裡。晚上睡覺前大衣放在被子上，第二天起來大衣口袋破了一個大洞：花生屑灑滿被上，一看就猜到是鼠輩幹的好事，真是氣煞我！一件只穿了兩次的新大衣哪！最讓我火大的是，這隻老鼠大概食髓知味，當天晚上我剛鑽進被窩牠就來了，目中無人的跳到我的被上。我嚇得虎的一下子坐起來，牠卻沒有懼怕意，老神在在的蹲在那裡和我四目相「瞪」。牠那亮晶晶的鼠目定定的望著我，頗有挑釁的神氣：「看你怎樣對付我！」這下子我卻膽小如「鼠」了，大聲嘶吼：「老鼠！老鼠！」同寢室的室友都被驚動起來，齊聲喊打，牠才鼠竄而逃。

鼠的膽小表現在牠的習性上，其實也是牠的聰明處，「晝伏夜出」攻人之不備。

兒時在桂林，家住一棟舊木樓。每到晚上夜深人靜時，天花板上就如千軍萬馬奔騰擾人好夢，恨得母親牙癢癢的，買了捕鼠籠，掛上香餌。但只捉到一隻，後來不但沒有鼠上鉤，香餌卻每每不見，不知這些聰明的老鼠是運用何種技巧偷吃了香餌，卻全身而逃。

千真萬確，鼠能未卜先知。祖母曾講一個真實故事：我的三叔有一次由大連乘輪船回日本學校，在碼頭上看到由要啟碇的一艘輪船上成群的老鼠出現，爭先恐後沿著跳板奔向岸上，大家還開玩笑說老鼠戀故國所以下船，卻不料船開不久傳來船沉消息，成為當時人人稱奇的新聞。

老鼠不僅聰明有靈性，更狡猾。

丈夫雖然是七尺昂然漢子，但卻「膽小如鼠」，也討厭一切四腳動物，尤其厭惡老鼠。他稱鼠是「尖嘴、尖臉、招風耳」，一副小人相。鼠目看人滴溜溜轉，賊頭賊腦，而且神出鬼沒，讓人類難以對付。他曾有一次餘悸猶存的「人鼠相遇」戰。

那年我們住的是日式房子，一個星期天中午，我在廚下忙羹湯，他穿梭廚房飯廳做下手擺碗筷。只聽飯廳處傳來慘叫：「老鼠！英！快來！」我手舉菜鏟，一個箭步衝進餐廳，只見他站在餐桌上，老鼠縮在牆角，人鼠對峙相望。他的臉色煞白，老鼠目光奕奕，見到我丈夫膽壯了，虛張聲勢的「噓！噓！」我手舉鋁鏟，跺腳不

敢上前。說時遲，那時快，只見這隻蕞爾小鼠縱身一躍，沿著窗櫺，施展飛簷走壁的工夫，滑行到氣窗口，一溜煙的逃到屋外去了，只留下我倆大張旗鼓的膽小鬼怔在那兒。

由這次的經歷，我認為「鼠」外貌雖不起眼，有很多為求生存的惡習，但牠是個聰明的動物，不能輕視牠。君不見我們的衛生當局施行多年的滅鼠運動，捕之，毒之，牠們依然子孫綿延，生生不息嗎？

南腔北調嘛也通

我添了孫子，親家母添了外孫，我倆在產房外互相道賀，「真多謝啦！」我說。「歹勢啦（不好意思之意）！」當上新科爸爸的兒子在一旁竊笑，兩個老媽媽又在南腔北調地通情意了。

要不是兒子慣聽我和親家母閒話家常的調兒，還真不知我們話中的「玄機」哪！其實很簡單，我的意思是，多謝她養個好女兒給我家做了媳婦；親家母認為結婚多年才讓我抱孫子，真不好意思。

我和親家母還算投緣，只是言語溝通上有些困難：我是「外省郎」，臺語很蹩腳；她是「正港」臺灣人，國語不十分靈光。

不過我的「蹩腳」臺語，卻讓我受惠良多；能和臺籍的左鄰右舍打成一片；到菜市場買菜用臺語，常博得老闆娘歡喜，多送個幾棵蔥，或一塊薑；最棒的是，能和本省籍的親家母聊天。

很多人奇怪我這老媽媽外省人，怎麼會講一口還不賴的臺語。其實，我並沒有語言天才，完全是被「逼」的。

初到臺灣，有十年我都住在嘉義，住的地方左鄰右舍都是在地人。嘉義民風淳樸，民性敦厚，鄰里對我們這對離鄉背井的小夫妻十分照顧。那時政府推行國語還沒有績效，鄰居的閩南語我聽「莫宰羊」；我的北方京片子他們一聽兩瞪眼，無奈只好打手語——比比畫畫、指指點點地打啞謎，真艱苦！

為了適應環境，以及自己方便，我下定決心學「臺灣話」。由「呷踹」（吃飯）到「呷飽未」（吃過了嗎），像小兒牙牙學語學起，由啞巴變成八哥。剛學會時，免不了怪腔怪調，發錯音，會錯意，「笑果」十足。

最記得那時雇了個小女傭，她聽國語是「一竅不通」，我的臺語又荒腔走板，兩個人溝通時常會「雞同鴨講」。有一次打發她去買菜，叮嚀她買「豬肝」，回來我遍翻菜籃不見「豬肝」，我問：「有買豬肝嗎？」「有啦！」她指著院子裡晾衣架上的一根嶄新「竹竿」，我愣了剎那，立刻忍不住大笑起來。原來我的「竹」「豬」不分，她錯把「豬肝」當「竹竿」買回來啦！兩人相對大笑。一音之差，卻把吃的變成用的，這就是語言的妙處。

這個小女傭的母親常來我家走動，我坐月子時她還送麻油雞來。因為：「伊一個外省太太攏會講臺語，我聽有啦！」這就是語言的親和力。

小女傭由瘦巴巴的小女孩，做到出落成水噹噹的大姑娘。她結婚時，我打了對金戒指，買了衣料、西裝料，像嫁女兒般。後來她來臺北玩，還來看我，已是三個孩子的媽了。

女兒常笑我的臺語發音怪怪地。難怪嘛，鄉音未改呀。但我這「怪怪」的臺語，有一陣子卻很拉風呢。

臺灣光復之初，政府雷厲風行地推行國語運動：學校內不能講臺語，辦公室裡

多多講國語。年輕人口舌靈活，不久就琅琅上口；倒是苦了那些日據時代的元老同事，他們講日語極順暢，學國語很艱苦。有時外省鄉音很濃的主管，用國語交代公事，他們常是「丈二金剛摸不著頭緒」，於是我就插進來做翻譯。

我的雞婆性格，助人為快樂之本，很贏得幾位老先生同事的好感，公餘之暇，常向我請教國語發音，有時也善意地矯正我的臺語發音。

對我，學會臺語，不但自己方便，還有另一項收穫，就是交到幾位本省籍的好朋友和同事。多年後還常聯絡，譬如住在嘉義的老鄰居阿水叔，他家有一片龍眼果林，每當龍眼成熟時，他就吩咐兒子寄一簍甜滋滋的龍眼給我。

我退休後，和辦公室的老同事依然有往來。日前和三位老同事喝下午茶，周是江南佳麗，汪是湘江淑女，陳是寶島姑娘，我是燕趙兒女。周講話有吳儂軟語，汪的湖南字音很重，陳講的是臺灣國語，我的北方話中有京味兒，大家都鄉音難改。聊天時雖然南腔北調，卻相談甚歡，因為都講國語——大家都學會了共同語言。

語言是人與人之間溝通的橋梁。中國幅員遼闊，各地有各地的方言，因為語言的不同，溝通上難免有障礙，但大家同是炎黃子孫，都是一家人，只要有心，只要用情，一樣可以表情達意，建立交情和友誼。南腔北調都可以通了，還有什麼族群之爭呢？

第三輯 歲月留金

那晚正是月兒高掛在夜空，蒼白的月光由窗口灑進教室，同學如泣如訴的淒涼歌聲，在靜夜裡迴盪，伴著細微的啜泣聲——我們都哭了。

摘自〈永恆的歌〉

永恆的歌

月兒高掛在天上，光明照耀四方。在這個靜靜的深夜裡，記起了我的故鄉。
深夜裡砲聲高漲，火光布滿四方。我獨自逃出了敵人的手，到如今東西流浪。
故鄉遠隔在重洋，旦夕不能相忘。那兒有我年高苦命的爹娘，盼望著遊子返鄉。
月兒高掛在天上，光明照耀四方。在這個靜靜的深夜裡，記起了我的故鄉。

——思鄉曲

我生長在中國的戰亂時代，由垂髫的小丫頭到懂事的少女，一直生活在遷徙頻仍、奔波動盪的日子中。

生活在國家受著外侮煎逼，烽煙四起的土地上，那個時代的同胞親眼目睹哀鴻遍地，斷壁殘垣的悲慘。內心特別容易激動，愛國的熱血沸騰至最高點。「詩言志，歌詠言」，當語言不足以表達當時的感情時，作曲家就以詞曲譜成歌曲，表達內心的感受、慾望、心情，因此在我的記憶中，儲存很多那個時代的歌曲，我少年時代唱的歌曲，後人稱這些歌曲是「抗戰歌曲」。有人說，我們抗戰勝利，抗戰歌曲功不可沒。它鼓舞士氣，讓同胞知道愛家鄉、愛國土、愛國家，媲美法國的國歌「馬賽曲」。

那個時代是從民國二十年到民國三十四年，是九一八事變，及對日抗戰的十四年之久。在那段漫長的日子裡，中國人生活在敵人槍口威脅之下。生活在「朝在長江北，夜宿江南地」的流徙中。生活在冒著砲火，扶老攜幼奔竄在機槍掃射下。生活在遠離家鄉，獨在異鄉為異客的孤獨中。生活在日夜悲傷懷念中。聽：

萬里長城萬里長，長城外面是故鄉。高粱肥大豆香，遍地黃金少災殃。自從

大難平地起，奸淫擄掠苦難當。苦難當奔他方，骨肉流散父母喪。……

這首流傳至今有半個世紀多的「長城謠」，當後人唱時，只感到優美的旋律，淒愴的歌詞感人。但當時那些長城外，遠離家鄉逃亡的人兒，是以何種心情聽這首歌、唱這首歌的?!

總忘不了，有一段日子我天天唱這首歌。

讀初中時，有一年我讀一所名叫「長城中學」的學校，是座新創立的學校，是由一批東北流亡到昆明的學生所創辦。家鄉淪陷，家人音訊渺茫，生活全倚仗學校微薄的公費維持。昆明的東北同鄉會為照顧家鄉子弟，支持他們創辦了這個學校。學生清一色是東北子弟，絕大多數是父兄不願他們留在淪陷的東北，輾轉託人，或偷渡到大後方，成了無父母照顧的戰爭孤兒。

我是其中較幸運者之一，雖然家裡窮困，但每個週末可以回家享受短暫的天倫之樂。

校址在昆明鄉下一座祠堂內，四周除了田陌就是荒地，只在田地旁有三、五農家，另外就是我們這些學生了。

我們缺少經濟來源，但天無絕人之路，我們四周有廣大的土地；課餘的活動消閒就是墾荒；種菜、養雞、種玉米，副食品都有了。伙食團全由同學和老師負責，沒有飯桌，幾個人成一組，蹲在地上圍一鍋菜用餐。沒有床鋪，地上鋪了尺高的稻草，就是散著草香，軟綿綿的彈簧床；我們像扮家家酒般過日子。

最快樂的時刻，是每天傍晚自習，在一間最大的房間裡，點一盞「煤氣燈」，老師們陪著我們溫習功課，下課前總留下一些時間唱唱歌。老師是大孩子，帶領我們這群小孩子，快樂盡情的唱，渾然忘卻異鄉的孤單。最後總以「長城謠」做為壓軸歌：

沒齒難忘仇和恨，日夜只想回故鄉。大家拼命打回去，哪怕賊寇逞豪強。萬里長城萬里長，長城外面是故鄉。四萬萬同胞心一樣，新的長城萬里長！

老師每晚帶領大家唱這首歌，是老師們的苦心；以臥薪嘗膽的精神，奮發圖強，收復家鄉！

有一天晚自習上到一半，煤氣燈忽然油盡燈熄，在黑暗中老師提議大家自告奮勇獨唱一首歌。一位素以歌喉宏美的男同學首先站起來唱：

月兒高掛在天上，光明照耀四方。在這個靜靜的深夜裡，記起了我的故鄉。
深夜裡砲聲高漲，火光布滿四方。我獨自逃出了敵人的手，到如今東西流浪
……。

那晚正是月兒高掛在夜空，蒼白的月光由窗口灑進教室，同學如泣如訴的淒涼歌聲，在靜夜裡迴盪，伴著細微的啜泣聲——我們都哭了。

啊！月兒照著四方，也照著我們的家鄉。我們卻有鄉不能歸，親人難相聚，怎

不淚灑異鄉呢！

前些年文友合唱團去北京演唱，一位坐輪椅的老先生來看我們，他是這首歌的作曲者夏之秋先生，距我第一次聽這首歌時已半個世紀。

去年聽說老音樂家已去世，但那歌聲常縈我心頭。

噩夢

戰爭可怕，和平美好。

戰爭是毀滅，和平是新生。

戰爭是失去人性的政客暴行，

和平是有悲天憫人情懷政治家的堅持。

沒有走過戰火歲月的人，不知戰爭的無情。

沒有經過戰火洗禮的人，不知戰爭的殘酷！

但時光會讓人的記憶模糊，失憶。五十多年，半個世紀，生活在安逸中的中國人，有幾人能記得中國人曾迎接一次驚天地、泣鬼神的民族求生戰？一甲子的歲月，當年浴血抗戰的中國人，已隱入青史。當年稚幼兒童，垂垂老矣，也將帶著記憶隱向歷史。還有誰去訴說在煙硝彈雨中躲避戰火的戰慄，目睹戰火的殘酷？而呼籲人類恢復人性，遠離戰爭？

而我，當年曾在戰火下的廢墟中，哭喊著找媽媽的過來人，在內心深處，永遠有一角位置塵封著當年的記憶；它像一個蜂窩，只要一碰觸，那往事的蜂就哄然飛出，螫刺得我心痛。

中國人是個苦難的民族，翻開歷史，總有「戰爭」跳出來，政壇上爭權奪利、朝廷中的兄弟鬩牆、異族的覬覦，每個戰爭都透出血腥味！

那血腥味讓大多數善良的人驚悸嘆息。而有著善良純潔心靈的孩童，有著美好溫柔雙眸的孩童，看那血腥的景象，豈僅是驚悸！也是永難忘懷的噩夢！

那年，戰火迅速蔓延，中國半壁河山都淪為戰場，北方運輸線阻斷，海岸線也被封鎖。為求戰事多利，不能坐以待斃，當局當機立斷另覓出路，測修滇緬鐵路。

滇緬鐵路起自昆明西南走向：楚雄、祥雲、大理、下關、滾弄、騰衝、畹町、臘戍、緬甸。全程所經之地崇山峻嶺，惡水險江，池沼黑森林，野獸出沒，父親由湘桂鐵路奉調和一批工程師跋涉其中，要打開一條中國人迎戰的新命脈。我們眷屬由廣西進入越南河內到昆明。工作人員立刻開赴工作地點，眷屬暫住昆明，大家分住在不同的旅館內。

「裕隆客棧」金晃晃的大招牌，人來人往是那種客商雲集的驛站。邁進高軒氣派的大門，好像我的老家四合院。所不同的，圍著四合院天井四周的房子，是一間間客房，清一色雕花的木窗櫺，糊著白宣紙。中間一塊反光的玻璃——是那種保有隱私，卻採納光線的玻璃。

我家，和于叔家、關嬸都分配住在這個客棧裡。

那時正逢日本對中國採疲勞轟炸的策略，日本轟炸機不僅炸前方，也瘋狂地轟炸後方。

大後方的重慶和昆明是抗戰時的重鎮，是日機轟炸、毀之而後快的地方。

剛到昆明，被當地同胞稱為「下江人」的我們，最感困擾的是語言。常常在天剛露曙光的清晨，就有堂倌用聲震全院的大嗓門呼喊。第一次聽得濛煞煞，後來才知道堂倌喊的是：「諸位客人，起來洗臉吃飯嘍，警報要響了。」這一聲喊猶如氣象臺報告，大家知道今天是個晴朗的天氣，敵機要來轟炸了。提早吃早飯，到城外躲日機的轟炸。重慶霧、昆明雨，壞天氣日機不敢冒險飛行，晴天大家天天跑警報。

很多時候，敵機來時，還未抵達昆明，就被我們英勇的空軍迎戰，打得日機抱頭鼠竄，昆明只是虛驚一場。

這種情形常使人的心裡撤防，掉以輕心。跑警報累人又浪費時間，常是一跑一個上午。一寸光陰一寸金，寶貴的光陰都成了糞土，有那膽大的從不跑警報。

那天祖母受了風寒，人不舒服懶得動，偏偏大晴天。祖母留在客棧休息，母親不放心，留在客棧陪祖母，讓姊姊和我帶著弟弟跟著于太太、關太太同行。

我們到了城外，像往常一樣，直奔向一處樹林。這處樹林靠著一座小山丘，是個很隱蔽的地方。

樹林前面是一片廣場，幾棵合抱的老樹，給廣場搭了個樹棚。老樹枝葉茂密，既遮陽光又擋視野。樹下還有幾塊大石塊，很多先到的人捷足先登先坐在大石頭上，等緊急警報響了，才往樹林裡面跑。

我們到了樹林處，于太太從手提袋裡拿出毛線，以織毛衣打發時間，一邊和關太太聊天。我們三個和于家三個孩子就如小鳥飛向林外，去享受大自然的美景，採野花，拾石子，看螞蟻搬家，好像旅遊般快樂，因為我們沒見過被轟炸的慘狀。又因為日機每次來都被我們的空軍打跑。

可是這一次，我們剛到樹林處，緊急警報淒厲地響起，轟轟的戰鬥機已在頭頂上，接著機關槍如連珠炮般掃射下來，人群四散奔逃。來不及躲避到樹林子裡面，大家就躲在廣場大樹下。

我大著膽子抬頭偷偷向天空看去，日機飛得很低，在燦爛的陽光下，機翼上紅膏藥的日本旗紅得刺目。機艙裡握著機槍的人看得清清楚楚，至今忘不了那張露著獰笑的臉，好像找到獵物，瘋狂地追殺，一圈一圈地飛著，飛走又飛來，趕盡殺絕般放著機關槍，把我嚇呆了。就在此時，轟地一聲巨響，接著飛沙走石，天搖地動，我閉上眼睛。

待我醒來睜開眼睛，姊姊抱著弟弟，我們三個都成了土人。弟弟大聲哭著要媽媽，我也哭起來。四周被炸得全走了樣；大樹連根拔起，地上殘瓦石塊土地被掀成一個大窟窿，樹林那邊一片熊熊的火光，冒著濃煙，四周血跡斑斑，哭聲、呻吟聲、呼喊聲，淒厲刺耳，彷彿世界末日來臨。

有幾個人滿身血跡，靜靜地躺著，是已經死了。我本能地搜著于太太和關太太，卻聽到姊姊嚎啕大哭叫著：「關嫂嫂死了哇！」

關太太靜靜地躺著，好像睡著了，臉色煞白，一隻手臂不見了，花旗袍的下襬全燒焦，全身染滿血跡，微隆的腹部，是她結婚後的第一胎，她結婚還不到一年。

回來的路上也景物全非；樹倒屋塌，滿目的斷垣殘壁，瓦礫石塊。早晨經過時還是整齊的街道，屋舍井然，只幾個鐘點已成了廢墟。更不忍卒睹的是路旁樹幹上掛著血淋半截大腿。牆壁上濺滿殷紅的鮮血，一個奄奄一息等待救護的媽媽，懷裡

竟然抱著吮奶的嬰兒。一隻受傷的狗趴著喘息著。

晚飯時，大家都知道關太太被炸死，同客棧的人都過來關心地詢問。有人說怎麼年紀輕輕的就被炸死了，真可惜。祖母說一屍二命真殘忍，據說那次來昆明轟炸的飛機有五十多架。一位客人剛由重慶來，聽了冷冷地說：「五十架？小意思，我前天才從重慶來，日本人炸重慶一來就有上百架的飛機，有次死傷上千人，大家都不敢回城，重慶成了空城！」

回憶這些血腥苦難的往事時，我慶幸自己大難不死。但這血腥的往事卻成為我有生之年的噩夢，我常夢見站在烽煙瀰漫裡哭喊著找媽媽。我忘不了關太太那麼年輕，那麼漂亮，那麼有人緣的人，離開客棧還是個活蹦亂跳的人，運回來卻是一具面貌扭曲、滿身血跡的殭屍！

八年，近三千個日子，日本在中國土地的每個地方進行殘酷的戰爭，拆散了數不清的中國家庭，讓數不清的中國人流亡漂泊，中國人的屍骨堆積如山，血流成河，日本人殘暴惡行豈僅南京大屠殺！

戰爭結束了，我們的老總統蔣公卻心懷好生之德，不願人類互相仇恨殘殺，以德報怨，讓日本在戰後迅速重生！

但中國人忘掉仇恨，卻忘不掉血的記憶、教訓。讓中華民族的人，今後為世界和平而努力，讓這一頁青史散發著歷史永遠的光輝！

歌聲已邈

「看國旗在天空，飄飄盪盪趁長風……」

「腳尖落地，輕輕呼吸，緊捏著武器……」

「我的家在東北松花江上……」

好多年了，當蟬聲響起，學子驪歌初唱的七月，這些歌也在「新公園」的露天音樂臺上揚起。

這些歌有宏亮激昂的，有悲愴憤慨的，有傷心情長的，首首都表現出被逼戰的中國人心聲和憤慨不屈之情，後人稱為「抗戰歌曲」。

這些歌曲，在日據時代，臺灣同胞無緣得聽，光復後，卻被渡海來臺的大陸同胞帶來臺灣。

戰爭結束，不再恐懼，但內心的創傷卻未平復，在離鄉背井，思鄉情殷時，這些歌都成為思鄉曲。因為無論是青少年、壯年、老年，他們都走過那個烽火連天的時代。

尤其一些感情豐沛的寫作朋友，在那個時代求學，歷經不平凡的青少年時期，感觸更深，在筆耕之餘，常以唱「抗戰歌曲」為餘興節目。

有一天有人提議，獨樂不如眾樂，何不成立個合唱團，大家來唱「抗戰歌曲」？立刻獲得贊成，並推舉邱七七為團長，登高一呼，引來百諾，於是「文友」合唱團誕生，又請來了蕭滬音老師教唱指揮。那真是一段快樂美好的日子，一星期一次的練唱，老師教得起勁，我們唱得癡迷。那年我們託「七七抗戰」紀念日之名，大膽在新公園的露天音樂臺首次公演。原是抱著自娛「愛現」的心理，想不到卻掀起後來唱「抗戰歌曲」的熱風。

那個七月七日的下午，是個燠熱的午後，我們在後臺又緊張又期待。開始演唱時，站在臺上瞄一眼臺下的座位上，只有零星的團友親友捧場，但我們依然忘我的唱著，在嘹亮的歌聲牽引下，路人陸續入座，終場時竟然座無虛席，場外路旁的大樹上都有聽眾跨坐著。

由那次開始，每年七月七日在新公園演唱「抗戰歌曲」是文友合唱團的大事。後來我們也唱藝術歌曲、世界名曲，但多以抗戰歌曲為主，那些年我們展開了演唱之旅；由新公園而社教館，而國家音樂廳。每到七月，廣播電臺、電視臺，爭相邀請演唱抗戰歌曲，更遠到南部的軍校、高雄的佛光山上。

最難忘菲律賓宣慰僑胞的歌唱之旅，受到當地的僑胞熱烈歡迎。聽歌思國，抗戰歌曲使他們回憶起祖國的苦難，堅苦的抗戰，更心向祖國。

兩岸開放後，我們以歌聲做心聲的交流，到北京演唱，受到當地的音樂界重視。兩岸合唱團在北京國家音樂廳大合唱，對方的團員中還有當年抗戰時的西南聯大學生，雖已老矣，豪情卻不減當年，唱起抗戰歌曲依然激昂慷慨！

那一次，「思鄉曲」的作曲者，抗戰時的名作曲家夏之秋先生，坐了輪椅來看我們。當年我學這首歌時還是小姑娘，算算已是五十年前的事了。

去年的「蘭州演唱」之旅，我們長途跋涉到大陸西北這個「黃河之濱」的城市，和當地的幾個合唱團演唱「保衛黃河」大合唱：

> 風在吼，馬在叫，黃河在咆哮，黃河在咆哮，河西山崗萬丈高，河東河北高粱熟了，萬山叢中，抗日英雄真不少，青紗帳裡，游擊健兒逞英豪……。

雄壯渾厚，震撼人心的旋律，豪氣干雲的歌詞，唱出中國人的民族心聲、愛國情操！

然而，歌聲猶在耳畔，文友合唱團卻在今年二月結束。我們的歌聲霍然而止，不是倦怠，不是放棄，而是經費短絀，難以為繼。

半年多沒有歌的日子，豈僅是生活單調、心情沉悶，那往昔不時相聚的友情更是難以割捨。

又是蟬聲鳴奏的七月，走過新公園，蟬聲盈耳，我們的歌聲卻已寂邈！而新公園已易名為「二二八公園」，內心不僅是悵惘啊！

感謝團友大姊余宗玲校長，在今年的七月七日前夕登高一呼，團友互相聯絡，定下七月七日相聚之約，敘友情，唱抗戰歌曲。

余大姊說，人的生命有限，文字卻綿長流傳，抗戰歌曲的意義、抗戰精神，永垂青史。

憶漢城

猶如神話般，兩韓高峰會使得南北韓多年「劍拔弩張」的仇視局面，像春冰般化為烏有。

最高興的當然是兩韓人民，失散多年的家庭可以重聚。全世界各國對兩金——金大中、金正日讚不絕口，咸認二人有資格贏得「諾貝爾和平獎」！

中韓未斷交前，南韓曾是我們臺灣國際上的親密盟友。為求中華民國與韓國文化交流，以文會友，加強兩國友誼，曾輪流在漢城、臺北舉行「中韓作家會議」。

一九八四年十月，我曾隨團到漢城參加第四屆「中韓作家會議」。

我們這個作家團那年十月廿二日搭機飛漢城，到漢城時已是薄暮時分。由於緯度不同，十月的臺灣是小陽春氣溫，處處路樹照眼翠碧，而漢城卻是秋風颯颯，落日照枯樹，田野衰草黃，一片北地秋色濃的景象。來自南國衣單衫薄的我們，紛紛添衣，仍然擋不住陣陣寒意。

韓國是位於北方亞寒帶的半島國家，一年有半年的時間在嚴寒氣候裡。時值農曆的深秋九月，由郊外機場乘車到漢城市區，一路所見田間是秋收後的荒蕪，少許的蔬菜都罩以塑膠護棚以防霜害。

韓國冬季白雪皚皚，地上寸草不生，莊稼僅年收一次，加上土地貧瘠，農作物不豐，自然資源更缺乏，因此人民生活很困苦。在漢城停留期間，街頭所見當地男女老幼衣著樸陋，尤其婦女們，很多年紀並不大，但已是風塵滿面的憔悴相。大概氣候寒冷乾燥，生活品質差，使人早顯衰老。

韓國二次世界大戰後分裂為北韓、南韓；北韓為專制共產國家，南韓為民主自由國家，兩地以板門店卅八度線為界對立。

那次我們曾被安排參觀卅八度線附近的「反共館」，館址位於荒野中，四眺蔓草

萋萋，人跡罕見，寂靜無聲，卻遙見北韓國旗飄揚如在咫尺。

我們也去參觀了北韓在接近漢城地區，由地下暗中挖掘的「南侵隧道」。據說這種隧道有十一條之多，當時已被南韓政府發現三條；最大的一條「三號隧道」可輸送一整師的兵力。這些隧道讓南韓日夕面臨「暗箭難防」的威脅，使南韓時時處於警戒備戰狀況之中。

但南韓在貧困與戰爭雙重壓力下，卻力爭上游！

使我印象深刻的是蕭條中顯現新景；大興土木處處建高樓大廈，地下鐵也正開工。其中漢江大橋的建築讓人眼睛為之一亮。

江水遼闊清碧的漢江，穿過市區，給漢城平添無限的美麗風光。橫跨江面的漢江大橋，橋分三層，一層行駛火車，一層行駛汽車，另一層是行人專道，橋能隨江潮漲落而調整升降。

漢城另一個獨特景觀是「瓦罈」，那是韓國泡菜罈子。車子穿過漢城住宅區的大街小巷，家家院落或陽臺上都有成排的韓國泡菜罈子。聽說韓國人民性節儉，吃食簡單，多數人家一盤菜餚、一碟泡菜，有些僅以泡菜佐食！因此韓國女孩子都必須學做泡菜，這是家庭主婦重要的手藝之一。

我們抵達漢城的當天晚上，南韓有關各界為我們舉辦盛大歡迎酒會，會場設在新羅酒店。由於時間的關係，我們由機場直赴會場。酒會結束後，回下榻的華克山莊，剛十時許的夜間，鬧區已是燈光黯淡，街上行人杳然，備感北國深秋的淒涼，可見漢城人是沒有夜生活的。

在漢城停留的那幾日，偷閒出來逛百貨公司，或到特產店購買當地土產，發現百貨公司生意清淡，逛的人多，買的人少。百貨公司的貨品少，我們這些外來客，只有買些高麗蔘、水晶石了。

南韓在惡劣的氣候下，貧瘠的土地上，奉行「勤儉為興家之本」的信念，全國上下胼手胝足，節衣縮食，打造他們理想的王國。他們成功了，終於躋身國際經濟舞臺，成為亞洲經濟四小龍之一。

這次南韓北韓兩金高峰會，金大中主導，南韓的經濟繁榮也是原因之一；在全球世界，以經濟掛帥的經濟戰，經濟繁榮是有利的籌碼，據說南韓已答應援助缺糧民貧的北韓。

兩韓高峰會成功，打開雙方仇視的僵局，免於人民戰爭的恐懼，合作共創國家美好的未來，讓我們為海峽兩岸僵局傷透腦筋的領導者，燃起了一線希望：「韓國能，我們為什麼不能？」確實值得思考。兩岸領導人，如何運用政治智慧，化干戈為玉帛，讓兩岸免於戰爭的恐懼和殘酷，我想是兩岸同胞共同的期盼吧？

松花江畔

我們原來的行程由蘭州飛青島，然後到哈爾濱、瀋陽、大連、旅順。但到了青島後，就聽說哈爾濱水患告急。考量到安全，只好改變行程，割捨哈爾濱之遊。團友們都好懊惱，全團的人都問我哈爾濱好不好玩？因為只有我到過哈爾濱。

今年大陸水災頻仍，長江流域洪峰一波又一波，淹沒良田家園，災民上萬。東北的嫩江也興風作浪，殃及松花江氾濫，哈爾濱正座落在松花江畔。

瀕臨松花江的哈爾濱鬧水災，不是自今日始：聳立在靠近市區江邊的「哈爾濱市民防洪紀念塔」就是哈爾濱的地標。

一九五七年，松花江發生歷史上從未有的大洪水，水漫哈爾濱。當時市民奮起抗洪，多人罹難，後來建築此塔紀念抗洪英雄。

這座標高二十二點五米高的紀念塔面向松花江，右邊是松花江鐵路大橋，左邊是松花江公路大橋，後面是通向市區有名的「中央大街」。

哈爾濱是外子的家鄉，至今有弟居於此市，我曾三次隨夫回鄉探親。在我眼中哈爾濱是個風光多樣的美麗都市。

哈爾濱在抗日戰爭前已是一個繁華的城市，它的異國風情，人文薈萃，素有「東方小巴黎」、「音樂家的搖籃」之譽。由於毗鄰蘇俄的地理環境，在清朝鞭長莫及的政治下，俄人發揮經濟侵略作風，哈市至今處處可見歐俄風味的建築。記得第一次隨外子回哈爾濱探親，親人以「衣錦榮歸」視之，代訂下中央大酒店豪華客房。一進房內，我傻了眼，好像邁進電影中俄國宮廷貴族寢室。雕欄紗羅錦帳床，花式水晶大吊燈，古香古色三面大鏡子的梳妝檯，古意盎然錦緞沙發，只覺空曠而霉味觸鼻，可見久無人住。那天那一層樓只有我們夫妻倆，入夜靜得怕人，加上電力不足的昏暗燈光，讓我有住在古堡裡陰森的感覺，第二天就要求換住「平常百姓家」的

客房。

哈市的中央大街更富異國風貌，路面全以花崗石鋪成，街道兩邊的房屋有莊嚴雄偉的拜占庭式、典雅別致的哥德式，和奇偉神祕的俄羅斯式，色彩鮮麗，格調明朗。這條街是高級商圈，商店櫛比。我去逛過，貨品不怎麼樣，我們臺北的大百貨公司貨品比較高級多了，可是卻貴得離譜。我相信月入菲薄人民幣的當地人，只有逛的份。

倒是座落在市區鬧市的「秋林百貨公司」很大眾化。秋林百貨公司是座古香古色俄羅斯式建築，帝俄時代俄人在哈爾濱建築的，是一座七層樓房，內部廊廣梯寬軒高如國會會議室。據老一輩的哈爾濱耆宿說，秋林公司是第一個有滾動電梯的建築，賣的東西都是貴族化，走在時代尖端。現在已淪為廉價商場，電梯停駛，外貌也破舊不起眼了。

哈市有幾處貿易市場值得逛逛。說是貿易市場，其實就是和外國人做生意的地方；有俄國人、韓國人、日本人的攤販。貨品五花八門。毛皮衣物、高麗人蔘土產、日本的養珠飾物，價錢低廉，是觀光客的最愛。

哈爾濱風景最美的地方，是市區臨松花江畔一帶。松花江波光瀲灩，緩緩的流著。夏日，江中有紅衣綠裳泳裝的弄潮兒，往來江上白帆小艇駛如矢，傍晚落日染紅悠悠江水，兩邊的松花江大橋，如長虹臥波展雄姿。岸上的史達林公園、船塢公園、九龍公園聯建成一體，是江邊十里綠色長堤。

松花江心有座太陽離島，是避暑遊覽勝地。島上綠樹蔽蔭，島外碧水環繞。在這個島上可以泛舟盪槳、弄潮戲水，夜晚在江岸上野營露宿，營火旁輕歌曼舞，處處有著詩情畫意。

住在臺灣的人，從未看到下雪天，冬天寒流來玉山飄雪，有人巴巴兒開了車上山賞雪。哈爾濱冬季零下三十度左右的氣候，幾番風雪，千里冰封，出門眼前是銀世界、玉乾坤、粉妝玉琢的天地，樹枝兒都變成瓊枝玉葉的樹掛，屋頂上鋪著白雪，屋簷下掛著冰柱兒。住在哈爾濱的人，冬季戶外活動是賞雪觀霧淞、溜冰、乘冰帆，坐馬拉的爬犁在冰場上玩。每年正月還有冰燈園遊會，屆時哈爾濱的雕刻家大展雕

藝，取松花江內天然冰塊，雕成動物花卉、亭臺樓閣，內裝五彩燈光設備，入夜燈亮，一片晶瑩剔透的璀璨世界，看盡冰雪美麗的風光，但長達四個多月的冰雪冬季日子卻不好玩，東北地區冬天的生活諸多不便，室內要燃火爐，室外是天然大冰櫃，冰封大地寸草不生，蔬菜缺貨，出門凍手凍腳，穿得像行李捲兒還冷得縮著脖子。

如果到哈爾濱旅遊，還是選在春暖花開，或夏荷飄香，秋高氣爽的季節比較輕鬆。

從哈爾濱到北京

「我的家在東北松花江上，那裡有森林煤礦，還有那滿山遍野的大豆高粱……。」這首「松花江上」的歌，由小學唱到現在，使髫齡即離鄉的我，對東北家鄉的風光有著美好的憧憬。所以當我和丈夫決定回哈爾濱探親時，歸心似箭；此行，我要仔細的看看東北大平原上遼闊的青紗帳壯麗景色，茂密森林連綿的風光。

我們回哈爾濱的路線預定由廣州搭飛機直飛哈爾濱，再由哈爾濱坐火車到北京，然後搭機回香港。由哈爾濱到北京要坐一天一夜的火車，代辦的旅行社特別提醒我們，大陸上的飛機票、火車票都很緊張（難買之意），越早買越好，遲了怕「硬座」票都難買到。何況我們在哈爾濱只待四天，又買座位少的「軟臥」。

「軟臥」是大陸上火車最高級的座位；國內只有高幹及特權人士有資格坐，國外是華僑、外國人，現在又添了「臺胞」，「臺胞」要憑「臺胞證」買票。因此一到哈爾濱，第一件大事是掏出「臺胞證」交給大姪兒，請他去買「軟臥」車票。

第二天一大早，姪兒就到車站去買票，這一去杳如黃鶴無音訊，直到傍晚始歸。姪兒進門一邊掏出車票，一邊告訴我們：「從天安門發生那件事，買軟臥車票管得嚴了。臺胞要上面批准，我寫了簽條，等到現在，總算買到了。」

離開哈爾濱那天早上，由眾親友簇擁著坐車到火車站，只見站裡站外人頭鑽動，亂得像趕集。加上哈爾濱火車站正在翻修，進站的門都找不到。幸虧是軟臥的旅客，得以由另一個便門進去。

進到車廂內，仔細打量這節買票不易的「軟臥」；車廂裡是隔成一小間一小間的包廂，包廂裡上下鋪共四個床位，上面鋪著褥子，放了枕頭棉被。中間靠窗下有張木板小桌，桌上放一隻熱水瓶、四隻瓷茶杯。兩邊床與床之間距離很窄，睡著能聽見鼾聲，我坐上軟臥床，嗅到一股汗臭味。

這間包廂裡一位客人到瀋陽，一上車就爬到對面鋪上蒙頭大睡。下鋪是位老先生，到北戴河，由言談中我猜他是高幹之類的人物。當他知道我們是回鄉探親的臺胞，不再多言。不知是避著我們，還是不耐斗廂悶熱，偶爾進來喝水，一直坐在包廂外面的過道上。

車開後，憑窗外望，過鄉村、臨小鎮、進大都市，一路鄉野風光，都市塵景看遍。不到東北不知東北之大，車奔馳在遼闊的原野上，只覺得天高地寬；一望無際的翠碧草原照眼青，遠處茂林密樹迤邐，像綠色的牆籬，高粱地連綿似綠海。陽曆七八月正是高粱成熟時，高粱穗纍纍掩映在株葉間，我不禁暗哼「長城謠」：「高粱肥，大豆香，遍地黃金少災殃……。」

只是眼前大地上的高粱是肥碩地，鄉村卻是凋敝的農村景色；農舍頹牆廢垣。而城鎮的市容是老街陋巷，斑剝如古蹟般的舊宅。這一路所見的鄉親們生活的環境，處處透露著窘困的情況。

車廂沒有空調，只有吊扇，至中午小包廂成了熱蒸籠。吊扇的弱風難逐燠熱，試著打開車窗，卻笨重難開。東北冬季酷寒，車廂的玻璃窗都是裡外兩層，以防雪水滲透入車廂裡，開關採上下推動式。由於車廂老舊，車窗已朽銹，費了牛大的勁兒才啟開幾寸小縫，我只好到包廂外面過道上找座位，在穿堂風裡涼快去。

過道是窄得只容一人通行的甬道，另一邊是車窗。每扇窗子下有一塊木板，放下來是座位，起來自動彈回。我找了塊木板坐下，邊納涼邊閒看來來往往的乘客。看穿著，乘客十之八九是大陸上的人；夏天大陸上男士標準的服裝是短袖襯衫、短褲、短襪套、涼鞋，炎熱的天氣衣冠難整齊，多數都敞著襯衫露出汗背心，還有人只穿件汗背心兒。丈夫整齊的長褲、青年裝上衣、運動鞋，一看就知道是臺胞。

不知是自卑心，還是自尊心理，他們走來走去對我們「另眼相看」，也故作漠視。我卻冷眼看遍全車的眾生相；這節車廂全是軟臥，聽他們聊天的口氣，都是有來頭的幹部；有到瀋陽、北京開會的，有出差公幹的，所以有資格坐軟臥。中共的特權明擺著不諱人言，因此大陸上有一則俏皮幹部的順口溜：「中央幹部忙組閣，省級幹部忙出國，地縣幹部忙出差，區鄉幹部忙吃喝！」

這些幹部萍水相逢，雖然素不相識，但上車後互相攀談起來就成了朋友。他們大嗓門講話，呵呵豪笑，香煙一根接著一根抽，女士們也很聒噪；只是清脆的北方話很悅耳不討厭；大家把這節軟臥搞得熱熱鬧鬧的。

這節車廂也有餐車，就在接連軟臥車廂的另一節，有十幾桌座位，一桌坐四人。在餐廳裡用餐可以點菜、要酒，那天中午和丈夫進去，嚇！已是高朋滿座，座無虛席，煙霧騰騰，油煙香，香煙味嗆鼻，桌桌杯盤狼藉。我們鵠候一旁多時沒有空位，後來一位女路警走過，看我倆呆候著，就問：

「還沒排上？買了飯票未？」還很老練的用冷眼打量我們：「打哪兒來的？」

我們原不想亮「臺胞」身分，怕被視為招搖。物以稀為貴，來來往往的臺胞多了，在他們這種職業人眼中，臺胞已不吃香啦！但經她冷顏冷面的一問，丈夫彷彿被窺破行藏，囁嚅的回答：

「臺灣來探親的。」

「哦！臺胞嘛，坐軟臥是不？先回去等著，有座兒時我打發人去請您們。」很權威的口吻。

那頓飯託是「臺胞」之福，丈夫被請品嚐了一小杯「吉林人蔘酒」。我們投桃報李，以外匯券付帳，樂得管帳的眉開眼笑。晚餐再去時，依然沒有空座，但管帳的硬是叫他的兩個熟人讓了座。這全是外匯券的魅力；外匯券在大陸當外幣用，能買到普通人買不到的東西，黑市買賣一轉手會賺到加倍的人民幣。我猜這位管帳的八成肥水不落外人田，用人民幣把外匯券換了，自己放在腰包裡。

由這節餐車裡看，大陸人民生活還不錯，食有魚有肉、白米飯。但據家人告訴我，早些年大家夥兒都吃雜糧，豬肉用肉票限量買，近幾年因為實行「搞活經濟」政策，大家生活才漸漸改善。難怪他們吃飯時狼吞虎嚥，都是大碗飯、大碗酒、大塊肉，吃完多是盤底朝天清潔溜溜。二三十年缺少油水的肚子，胃口當然好。

到瀋陽對面上鋪蒙頭大睡的客人才起來下車，接著上來兩個身材魁梧的小夥子，提著精緻的手提包，高貴的〇〇七手提箱。一伸手，拇指上的金戒子金晃晃，腕上的金錶閃閃發光，一副暴發戶相。穿著也較時髦，T恤牛仔褲。講話一口閩南腔，先以為是同路的探親臺胞，後來才知道是大陸沿海的福建人。

兩人還帶了啤酒和下酒菜，向我們打招呼讓一讓，就擠坐在對面鋪上享受起美酒佳餚，一邊抽著洋煙。對面鋪上原主人那位先生回來，探頭看鋪位已被鵲巢鳩佔，又縮回去了，到北戴河他才進來把東西拿走下車。這兩位「闊客」更大方的脫掉鞋子，剎時臭腳丫子味，混合二手煙味瀰漫滿車廂，薰得我逃到包廂門口透氣。

這兩位年輕人在知道我們是臺胞時，喜形於色，立刻對我們禮遇有加，熱絡得很。告訴我們他們是搞生意的，這次到黑龍江和吉林是採購名蔘賣到香港。接著喋喋不休向我和丈夫進行疲勞問話：問臺灣人吃蔘嗎？我們認識轉口商嗎？他們最感興趣的自然是臺灣生活情形：「只有我們沿海地區被劃為經濟特區，有個體戶對外做生意，生活才過得好些，內陸其他地方還是很窮。」說話的神情有著慶幸，也有著慨嘆。

他們倆從上車後打開話匣子，問個沒完沒了，對大陸以外的世界的好奇羨慕溢

於言表。但我已疲於應付，最後只有閉目假寐，做養神狀，由丈夫一個人去孤軍應對。

由哈爾濱到北京，鐵路共長一千三百多公里。上午八時整由哈爾濱啟程，經雙城、長春、瀋陽、錦州、山海關、北戴河、天津等諸大站，到第二天清晨四時到北京，共坐了十八個小時的火車。

十八個小時的火車行程，是我兩次回大陸經過的地方最多的一次。我看那車窗外一程又一程天蒼蒼野茫茫的大平原，一望無際的高粱地，綿亙數十里的森林。但也看到一村又一村的殘垣頹舍，一座座老屋陋巷的城鎮。在車上我看到那些樸實的鄉親有著滄桑的臉，看那餐車上對小小口腹享受滿足的風塵面孔。看那兩個小夥子傻傻地聽我們談外面的世界，內心有著抽痛，苦難的故鄉，苦難的靈魂，苦難的中國人，我只能給他們祝福！

多年來，年輕人和學生聽我是天下第一關山海關外的東北人，都好生羨慕。他們在文字的記載中、在歌詞的流傳裡，以隙中窺豹的想像，和我一樣嚮往那與臺灣有海水相隔的中原錦繡山河。可是，我懷著滿腔的興奮而去，卻帶回滿懷的淒楚：我決定寧做天涯漂泊人，終老異鄉。但故土故人的一切卻依然魂牽夢繞，每當午夜我自重回故鄉的夢中驚醒，久久不再入眠。在黑暗中，我無語問蒼天：「鄉親、親人他們何時能像我們過著美好的日子？」

大漠秋色

從中衛縣出發，旅行巴士經過騰格里大沙漠邊緣，投入連綿不斷荒漠野地遼闊的天地間。地平線上除了稀稀落落叢生的野草和矮灌木，就是砂礫地。筆直望不到盡頭的公路，使人有天蒼蒼野茫茫的蒼涼感。我們此去是到寧夏的銀川市。

這一帶屬西北黃土高原區，又靠近沙漠，標準「早穿皮襖午穿紗，圍著火爐吃西瓜」的氣候；清晨出發時把所有的衣服重重裹上身，還覺得冷意襲人。眼前枯黃的禾草、懨懨無生氣的灌木，是北地「九月寒衣待剪裁」的秋景。

來自一年四季草常青、樹常綠的臺灣，四季溫暖沒有明顯的秋意。此刻，憶起久違了的兒時北方濃濃的秋意；首先送來的秋訊是街頭的叫賣聲：「半空兒（花生）

香哦！」「烤白薯，甜哪！」「蘿蔔賽梨兒，脆！」接著野外草枯黃，路樹落葉舞秋風，街頭行人的薄衫換上裌衣了。

行行重行行，車子進入只有一條街的小鎮，貧瘠中也有它的豐庶；路邊地上攤著成堆的秋果，澄黃的鴨梨、紅面頰的蘋果、綠中泛紅的棗兒，還有那甜如梨兒的綠蘿蔔。在北方，瓜果孕育了一夏，秋天是成熟季節。但貧瘠的土地、落後的農技，不能指望它們豐腴。這些秋實全是瘦乾乾的比臺灣小了一號，那些堆在地上的青蔬蔥蒜也是營養不良的體貌。

這兒屬回教自治區，回族同胞占大多數。當地人在街頭徘徊、逡巡，聚在一起閒聊，一派的悠閒。那些男人的長袍白帽，女人及踝的寬裙、各色頭罩，就是在耀眼的陽光下，也讓我感到秋的涼意。

其實白帽、頭罩是回族人傳統的頭飾，也有一種信仰的意義；回族人不吃豬肉，毛髮不能暴露在外，是對他們所信神的一種尊敬。

車內越來越熱，原來時近中午，我們把早上裹在身上的眾多衣服，又一層層的脫下，只剩下短袖薄衫。

大陸上遼闊的土地孕育了壯麗的錦繡河山，也蘊藏著數不清的神祕史跡。這些歷史留下的斷垣殘瓦、黃土一坏，都成了西北荒漠中的觀光定點，供遊人憑弔唏噓。

這一帶也是古絲路的小部分；銀川市東三十餘里處是黃河東岸，是浩瀚無垠的黃沙地。隔河西眺是綠原沙洲，黃河滔滔的水由這兒奔騰北去，東邊蜿蜒而來的是萬里長城，久遠的中國歷史在這兒寫下多彩多姿的篇章，而這一路往銀川經過的荒漠地，曾是人類內心慾望的古殺戮戰場，而今只留下西夏王朝的一些考古遺跡和黃土山般的陵園。

陵園在銀川以西的賀蘭山東麓，佔地四十平方公里，隨著地勢的起伏，坐落九座陵墓，陪葬的共七十餘座墳墓。西夏在西元一〇三八年到一二二七年是極盛的王朝，後滅於蒙古成吉思汗。

我們參觀後離去時，已是傍晚。荒漠落日圓的落日餘暉，照灑在黃草萋萋的秋野上，照著土饅頭般的皇陵，有著繁華落盡，獨留荒塚向黃昏的淒涼，挑起我的感慨：

大地繁華落盡的秋色，帶來秋實碩果。

人生的繁華落盡的秋色，對帝王政客是李後主的詞句：「金劍已沉埋，壯氣蒿萊」。

高原上的地陪

這輩子從沒有到過這樣荒涼的地方。

也從未想到有這樣人煙稀少的省分，山連著山直到天邊，荒野接著荒野一望無際。離開臨夏城，車子就繞行在山麓下的黃土路上，沿著一條清澈的河流前行。

才是夏末季節，路過荒野上的萋萋牧草已開始枯黃。散佈在草叢中啃草的白色綿羊，遠看像開在草原上的小白花。其中有三、五隻牛、馬徜徉，是美麗的草原風光。

問地陪，這一帶是甘肅青海交界的大夏河畔，屬於黃土高原省分。

地廣人稀，是貧瘠的黃土高原特色；數十里不見人家，偶爾在荒野中會出現一

座古老的寺廟，透露著這一帶還有人家的訊息。

我們要去的「拉卜楞寺」就座落在群山環繞的草原內，遠遠望過去金輝閃閃的圓錐廟頂，像一頂金碧輝煌的皇冠，紅色醒目的高牆透著神祕。

這裡屬於回藏自治區，拉卜楞寺是藏族的佛教寺院，已有二百多年的歷史。龐大的寺院和華麗的建築，在大陸開放後，成了招徠旅人的觀光定點。

宏偉的廟宇，占地遼闊。一間一間的寺院各有特色，每間寺院的殿內掛滿佛教畫和裝飾，到處點燃著散布牛油味的酥油燈。熒然跳動的燈火在陰暗的大殿裡經營出神祕氣氛。殿內高及屋頂的佛神塑像有慈眉善目的菩薩、有怒目威視的金剛。在這些塑像環伺的供案旁，鋪著一排排坐墊，坐墊前擺著經冊、木魚、銅鈴，是寺廟裡喇嘛靈修的地方。

最引起我們好奇和興趣的是寺內的喇嘛，芒鞋、光頭、寬大紅色的袈裟。面無表情，目不斜視，沉默悄然如魚缸裡的魚在每個角落裡游走。只有那還是孩童的小喇嘛，時時向我們投來好奇寂寞的眼神，引得我內心升起一絲憐憫。這麼小的孩子，

正該擁有蹦跳歡樂的童年時，卻過著與紅塵隔絕靜坐靈修的日子，他們懂嗎？願意嗎？是怎樣做了小喇嘛的？

當地的地陪給了我答案。

我們的地陪是個年輕小夥子，是否因為「維吾爾族」血統的關係，他的五官凸顯漂亮，我們稱他是「帥哥」。他也有溫文儒雅的氣質，溫柔的禮貌。對我們這群來自臺灣的媽媽們護持有加，上下車攙扶，客串攝影師。在寺內大家忙著東攝影、西取景時，我偶一回眸，見他在一旁做壁上觀，唇邊淡淡的笑容，神情落寞。那眸子裡露出來的眼神，和小喇嘛寂寞的眼神一模一樣！

由拉卜楞寺出來，我們的話題繞著「喇嘛」轉。帥哥地陪告訴我們，藏教（黃教）裡的出家人，和佛教一樣，都各有各的身世和出家修行的原因。惟有那些懵懂孩童的小喇嘛是由家人捨送來的，因為當地閉塞窮困，謀生不易，寺院裡的生活總比窮困日子好，他小時也差點被父母捨進寺內。有人開玩笑說，他如果做喇嘛，一定是個優秀的喇嘛，說不定是達賴幾世呢。他卻正經的回答，寧可做貧窮的俗人。

臨離開前，在下榻的賓館前等車，有機會和他聊天。他告訴我他在北京讀完大學回來找不到合適的工作，以電機系畢業的學歷屈就小小的地陪。我問他何不留在北京發展？他說政府規定自治區的子弟學成後要回鄉建設，服務桑梓。像找到傾訴的對象，他打開話匣子，訴說他的理想和抱負；他希望能到大都市工作，像我們一樣到各處旅行。

我沉默的傾聽，放眼四周除了山和荒野，以及不遠處一個土屋的小村落，唯一的建築物是我們下榻的賓館和拉卜楞寺。西北高原天高地廣，但提供給年輕人事業的道路卻如此的狹隘。我第一次感到繁榮的可貴、自由的可貴。

他還從衣袋裡掏出一本袖珍型的英文字典，指著字典說，他正在「背」這本字典，把英文搞好，將來有機會以流暢的英文爭取大都市的理想工作。那本字典又破又舊，章頁已翻得捲翹。那一剎間，我好想送他一本新字典。

車子緩緩離開賓館，他揮著手，祝我們一路順風。我也揮手，心中默默祝福他，由於他力爭上游，會走出理想的人生道路，美夢成真！

青島掠影

由黃土高原，天蒼蒼，野茫茫，天地廣闊的西北飛抵青島，眼眸前的藍天碧海，紅瓦綠樹，心情剎時亮麗起來。

海，賦予大自然多貌的美景，給都市增添嫵媚風光，青島就是海水妝點的都市。多年前，我有機會常常往來東海岸，那兒許多勝景都是海水的手筆；花蓮浪花輕湧的海岸，臺東浩瀚的海上風光，初到青島，坐車走在濱海路上，有似曾相識的熟悉。

行行復行行，我才發現兩地風光不同的風貌；東海岸是得天獨厚，佳景天成的大自然的手筆，青島是斧雕泥塑，巧裝扮的人工營造。

青島，位於大陸山東半島西南端，東瀕黃海，西臨內陸，一面依山，三面傍海的城市。

靠山吃山，靠水吃水，青島靠著海水經營觀光賣點。一條沿著海岸線迤邐伸展的濱海大道，十二公里的途程內有濱海公園、海水浴場、休閒勝地。一路行來，一邊是海浪輕湧的海水浴場，林木蒼蓊的公園。一邊是山坡上高高低低順山參差而建的紅瓦白牆小別墅。

而近海的離島——小青島，更具塑造的匠心，把一個海上荒島變為遊覽勝地。

小青島是十餘分鐘的腳程就繞行一周的小離島，島上除了堅石和土壤，景致全是人工打造。島中央有座小公園，在土丘上豎立一座銅造、手持豎琴的美女塑像。周圍以花圃花壇托映，繁花美女倒也不俗。不遠處的山丘上，塑立一群紅鶴燈飾。入夜點亮燈鶴，夜闌人靜時，諦聽海浪輕拍岸石的濤聲，被稱為「琴聲飄燈」，白日遠眺海鷗翱翔海上，俯瞰岸邊白浪激揚，被稱為「湧浪迴鷗」的風光。

中國文字的魅力能引人入勝，很多並不出色的名勝古蹟一經騷人墨客題名題詩，

立刻身價百倍。其實那是被文詞歌頌的溢美之詞，遊客要憑想像去體會，才不會在身臨其境時失望。

青島給我最深刻的印象是市容，馬路寬敞，高樓林立。地陪每介紹一些新式華麗的建築，常會加上一句：「這是和臺商合建。」「這棟豪華大廈是臺商建的。」我們聽了「與有榮焉」，原來我們行經的地方都是新闢的商業區。

由此可見，大陸開放後經濟繁榮，建設發展快速，臺灣同胞推動大陸走上現代化，其功不可沒。

大陸幅員遼闊，有得天獨厚的天然美景：黃山的奇偉、三峽的險峻、黃河的壯觀。而中國悠久的歷史朝代，也留下讓人仰慕、唏噓、沉思的古蹟。青島的八大關就是繁華已隨歲月去，空留感慨在人間的一個地方。

「八大關」瀕臨海邊，是一個佔地數千畝，有庭園之美的華麗住宅區，也可稱為高官名人休閒別墅住處。

八大關環境幽雅，樹木森森，行道寬敞，而曲徑通幽，彷彿是一個大公園。內有八條縱橫的主幹大道，分別以國內著名的關名為名，如「山海關」「居庸關」「嘉峪關」「紫荊關」「正陽關」「武勝關」「榮韶關」等路，沿著這幾條路建築的房屋有德式、俄式、日式，充滿異國情調。這些房屋的主人都是「非等閒之輩」，外國的富商名賈，中國的高官名人；紅朝的周恩來、中國偽政府的汪精衛。國民政府對日抗戰時，有名的情報將軍戴笠。我們曾站在老總統蔣公昔日行館處駐立凝視，是棟白色簡樸的西式樓房，一如老先生生前不尚豪華的風格。雖然年代久遠，但還不太老舊朽壞，院子裡的花木依然扶疏有致。是有人打掃照顧？抑是常有人來住？而我睹屋思人，對這棟白樓有著無限的親切感，只因他老人家曾帶領中國人走過風雨，華路藍縷的坎坷路，在臺灣締造了經濟奇蹟！給大家安定的生活環境。

我們也曾在宋家三姐妹昔日香閨的二層西式樓前探首，去尋覓繁華遺跡，卻只見窗櫺緊掩、庭院寂寂、樹影婆娑，讓參觀的人訴說緬懷三姐妹不平凡的人生軼事了。

一路行來，所見名人華廈大多已朽舊荒廢，人去樓空。往日的衣香鬢影，輕歌曼舞，賞心樂事，也隨歲月而逝去，春夢了無痕。

漫步在繁華散盡，樹影森森，寂靜的街道上，探視棟棟華廈，想到古人常說「蓋棺論定」，但政治人物多熱中的是權和利，到頭來黃土一坏，忘記了長留德政在人間，才是永恆。

江南走一趟

西湖之晨

五月的杭州多雨，是暮春時節的雨；雨細風斜不沾衣，不旋踵又雨歇天霽，出現朗麗的天色。

摘下雨帽，踩著潮濕無塵的步行道，繞著西湖畔前行。遊目遠方山青水秀天湛藍，溫和的朝陽斜映如鏡的湖面。登上遊湖的汽艇，笛鳴船啟航，平穩的滑行在湖上，艇內四面玻璃明窗，視野遼闊，可以騁目湖域。行行重行行，忽見湖上有一長洲忽前忽後，洲上蒼蒼綠綠全是成排的柳樹，就是西湖勝景之一的「蘇堤垂柳」。

「上有天堂，下有蘇杭」，杭州的西湖美景傳頌千年，古時文人墨客遊西湖，驚艷西湖美景如畫，於是吟詩作詞，把西湖美景的特色分為十景：「斷橋殘雪」、「平湖秋月」、「曲院風荷」、「蘇堤春曉」、「雙峰插雲」、「花港觀魚」、「三潭印月」、「南屏晚鐘」、「雷峰夕照」、「柳浪聞鶯」。

大陸開放後掀起探親熱潮，現在探親潮漸退，觀光熱潮又湧起，使得大陸的觀光事業一枝獨秀。因為中國大陸幅員遼闊，得天獨厚擁有很多不同風貌的奇山秀水，加以歷史悠久，留下各朝代獨特的名勝古蹟，都成了大陸的觀光資源。

遺憾的是遊客太多，一團團臺灣來的、外國來的觀光客，與一車車本地國內來的遊湖者，把西湖畔點綴得熙熙攘攘，大家彷彿是趕市集，東逛西遊，指指點點，爭相尋找最佳的角度與美景共照，盡失享受美景的閒趣。

古人說觀花在煙霧朦朧中最有美感，觀景要有一段距離才能見其幽趣，倒是坐在小艇遊湖時，山一程水一程；看不盡的水碧山青，過了垂柳蘇堤，又見斷橋冉冉升現。數了青峰，又見古塔倒映湖中影，舷前是如鏡的湖面水雲相輝映，舷後是煙

波浩瀚千頃的湖水。

艇繞湖一匝，已近日午。將靠岸時瞥見湖畔山麓綠樹叢中有新建現代化的高樓，地陪說那是專給觀光客住的五星級旅館，讓住在裡面的旅客一天之中都能攬觀湖上勝景；日觀蘇堤垂柳、雙峰插雲，夕聽南屏晚鐘、眺雷峰夕照，夜賞平湖秋月、三潭印月，觀光業發展的策劃不遺餘力。

姑蘇鐘聲

月落烏啼霜滿天，江楓漁火對愁眠。
姑蘇城外寒山寺，夜半鐘聲到客船。

唐朝張繼這首「楓橋夜泊」的詩，把寒山寺誦成名聞遐邇的名剎。而寒山、拾得兩位忘年的高僧神奇軼事，更給寒山寺平添神祕。因此到蘇州觀光的人，必到寒山寺一遊。

寒山寺位於蘇州城外運河畔，跨過橫臥運河上高聳的弧形楓橋就是寒山寺的廟門。「寒山寺」三個墨黑的行書就嵌在廟前赭紅的影壁上。

寒山寺建於南朝，相傳唐代高僧寒山、拾得落腳於此，因名寒山寺。當初不過是蕞爾小廟，經歷代名僧鄉紳修建，於今頗富中國庭園之美。寺內曲檻迴廊，綠樓黃牆，大雄寶殿佛像都鍍金身，寒山、拾得塑像栩栩傳神。碑廊巍峨，最具特色就是夜半傳鐘聲到客船的「鐘樓」。

「鐘樓」是座二層樓房高的古亭式樓房，左右兩旁有樓梯，登樓是六角亭式的房形，中懸大鐵鐘一口。鐘旁吊一合抱粗壯的木棍，推木棍撞鐘，鐘聲宏亮悠揚，聲達廟外。據說撞此鐘三下能帶來「好運」，祈好運者眾，鐘樓戶限為之穿，鐘聲繇繇不絕。但要撞響此鐘，也需一點腕力，「做一日和尚，撞一日鐘」雖是舉手之勞，確要付出力氣。

另一傳說，除夕夜來撞此鐘，一年諸事順遂。日本觀光客對除夕午夜撞鐘最熱中，每到除夕午夜寒山寺的觀光客以日本人最多，當年張繼落第，懷著每逢佳節倍思親的淒涼心情，看江上漁火輾轉難眠，到客船的鐘聲，就是鐘樓上的鐘聲吧？

江南水鄉

由杭州到蘇州，由蘇州到無錫都是乘坐火車。

這條路線沿途經過的地方，是江南一帶最富饒的地方，位於水產豐盛的太湖之濱，是魚米之鄉，絲綢產地。

火車穿行在五月的江南鄉野上，車窗外移動的是一叢叢碧翠，一畦畦新綠，水盈盈的池塘，小橋鄉道，還有座落在綠野裡一棟棟紅屋頂的小樓，宛如美麗的別墅，詢問鄰座一位當地乘客，是位健談者，一搭腔就打開話匣子：

「這都是個體戶的菜農蓋的，儂格都發了，蔬菜生意好，供弗應求哪。」一口吳儂軟語腔的北京話，接著他告訴我當年文化大革命時，人人自危的災難使得田園荒蕪，紅衛兵造反無罪，破壞了很多名勝古蹟。

「聽說你們在三〇年代、四〇年代就開始建設臺灣，那時我們這裡正鬧得天翻地覆，草木皆兵。」

看著眼前這個清秀的男士，像是斯文的讀書人，隨口問：「哪兒高就？」「教書。」難怪，自古文人關心國事，心中多塊壘感觸，幸好這一節車廂乘客百分之八十是臺胞、外國觀光客，他可以無所忌諱的發洩所感吐露心聲。

夜宿無錫城外一座名叫「蠡園」的旅館，環境幽靜，有庭園之美。

無錫西南有個五里湖，相傳春秋末年越國大夫范蠡退隱，是攜美人西施泛舟湖上而去，後居湖畔的「蠡園」內，是江南名園之一，因此在無錫街上隨時看到以「蠡」為名的市招。

晚飯後，時間還早，團友提議到附近看看，走出蠡園，來到一條如臺灣鄉鎮裡的小街上，街雖小，地方也很偏僻，但卻燈光輝煌，小街兩旁櫛比鱗次的商店依然開著門、亮著燈，等待出手大方的觀光客上門。無錫的絲綢、錦繡、香扇、玉雕、泥人和紫砂壺特產，在這條街上都會找得到，這些東西都是當地觀光事業的周邊賺錢的生意。難怪地陪說無錫的觀光事業是搞活地方經濟的聚寶盆。

江南好，風景舊曾諳，日出江上紅似火，春來江水綠如藍，能不憶江南。

是的，江南好；江南青山依舊，但世事有過一段驚濤駭浪沖擊的歲月，有富裕之名的魚米之鄉，也留下難以醫療的貧窮傷痕。此次純以觀光心回大陸，才看到這一片壯麗的山河上，除了沿海幾個特區內有臺商、外商投資蓋的連雲大廈，其他城市依然是歷盡滄桑的拮据景況，苦難的中國大陸同胞，不知要努力耕耘多少年，才能有和臺灣一樣水平的生活。

這一趟江南行，我帶回來的是一腔心酸，留下的是真摯的祝福。

竹籬故居情

景美堤防斜坡上有一間鴨寮，蓋得很簡陋，只有屋頂。倒是那三面做為圍牆的竹籬笆編築得稀疏有致，上面爬著牽牛花。早晨散步經過，總看到那些紫色的喇叭花開得如繁星般燦爛。有時駐腳顧盼四眺，脈脈遠山，悠悠溪水，綿綿綠樹，把簡陋的鴨寮美化得詩情畫意，猶如在畫圖中。

尤其那竹籬笆，有樸拙之美，我愛煞它。

「竹籬笆，竹籬笆，爬滿喇叭花，裡面就是我的家。」每次經過竹籬鴨寮，不由會默吟這首兒謠，思維也隨著悠然神往兒時竹籬居的舊事。

竹生南國，我是北地女兒，但自幼長住南方，吃竹筍住竹屋，住以竹籬笆為院牆的房子，對竹有偏愛，尤愛竹籬笆。

第一次住以竹籬笆為院牆的房子是在廣西桂林的東門外，房子離湘江很近，江邊有一大片竹林。房東是位勤勞的長者，雖然三代同堂子孝媳賢，他和老伴可以袖手頤養天年不必工作，但夫婦二人閒不住，平日砍竹為材料，做些竹籮、竹籃、竹凳等用具挑到城裡去賣。夫妻兩人的手藝極精緻，我們院子的竹籬笆就是房東手藝的成品。當初母親看中這棟房子，第一中意它離父親服務的湘桂鐵路工務段辦公室近，房子乾淨，又背山面河，桂林山水甲天下，開門見山又見水，環境優美。尤以那圍繞著房子的竹籬笆，編得花樣不俗，使房子生色不少。

竹籬笆隔壁住著房東一家人，透過竹籬笆的空隙，兩邊院內的風吹草動隱約可見，搬來的第二天，我在竹籬的空隙中發現一雙烏溜溜的大眼睛向這邊窺視。

「看什麼?」我手插著腰，逼視那雙大眼睛不友善的問。嚇得那個大眼睛小女孩，像受驚的小兔子般跑開。

小孩子都有好奇心，這棟房子在東門外靠近鄉下，民風閉塞，民性單純，但發達的科技蒞臨——修鐵路。戰爭也把外鄉人逼到這個窮鄉僻壤，父親為躲避戰火，辭去了開封黃河水利委員會的工作，任職湘桂鐵路，帶著一家老小，遠到南方來。祖國的幅員遼闊，由北地到南方越山跨水千千重，山一程水一程好遠好遠。到了南方，我們在當地人眼中成了外國人；穿著不同，言語有異；吃食口味有別，值得研究的地方很多，加上我們是城市人，生活比他們闊綽，好奇和羨慕，更是他們注意的焦點了。

他們一家在我和姐姐弟弟的眼中，何嘗不如此？我們也偷偷的趴在籬笆縫上看他們院中「生活風光」；他們院子裡有雞有鴨，太陽下曬著嫩薑和芥菜，牆角堆著鋤頭鐵鏟，屋簷下有成綑的竹竿，房東夫婦常常坐在那兒，像變魔術般把那些竹竿削削剁剁，製成一件一件美麗的竹製品。

竹籬笆與土牆、木牆、水泥牆不同，竹籬牆有隱約之美，既能保有住戶的隱私權，也不會把鄰居隔成老死不相往來的寡情人。漸漸的，我們由互相窺視的陌生人，變成了親如一家人的好鄰居。我和那大眼睛小女孩是形影不離的玩伴，上學、出遊，只需隔著竹籬笆喊一聲。我們常隔著籬笆說悄悄話。也和她的小哥三人到江上坐木筏，到江對面採桑葚。母親和房東老太太及兒媳也互通往來成了好朋友。母親常嘆離鄉日遠，異地缺少親故，獨在異鄉為異客的寂寞使她日日思鄉情切，現在得到他們友誼，紓解了不少鄉愁。曬衣服做家事時隔著籬笆話家常，雙方不同的生活習俗，異地的風俗民性都是永談不厭的話題。有時房東家一把剛出土的青蔬，或是我家一盤熱騰騰的包子餃子之類的故鄉味，越過伸手可及的籬笆，傳遞我們的友誼和關懷，在溫馨的友誼包圍中，我們一家都忘了身是異鄉客。

後來戰況緊張，敵機頻頻來轟炸，父親負責的這段鐵路工程在風聲鶴唳中完工後，我們也搬離桂林匆匆入滇。臨離開那天，大眼睛小妹送我一缽雞冠花，小哥看看妹妹，順手也在竹籬笆上摘了一朵喇叭花，傻呵呵的插在我的辮梢上。我捧著雞冠花，戴著牽牛花，坐在大卡車的行李堆上，車子開動越開越快，他們兄妹跟著車子跑著跑著，竹籬笆越來越遠不見了，漸漸他們也沒有了影兒。車子飛駛在鄉道上，

四周沒有人家，路上沒有行人，只有掠過耳畔的風聲，掠過眼眸的樹影，我好寂寞。……那大概就是我初次嚐到的離別滋味吧？

一恍四十多年，四十多年的歲月裡，我多半浪跡都市，鮮少住有籬笆的房子。繁華都市的住宅都是森嚴的高牆厚壁，和沒有院牆的公寓。雖然鄰居都走一個樓梯，卻用冷漠、矜持築成拒人的心牆。曾聽過兩個小鄰居隔著陽臺的牆壁探頭聊天：「你來我家玩嘛！」「我媽媽不許，她說現在壞人好多！」心牆把人性醜化了，友情漸漸澆薄了，這一代的孩子多寂寞啊！

而我，任是時光流逝，卻難忘竹籬居的往事，兒時的友伴也時時入夢來。所以當我第一次初見鴨寮竹籬，有故友重逢的親切。每次經過，總要駐腳片刻，只為多看它一眼。

回首來時路

有一天看電視「叩應」節目，主題是「臺灣光復後，最受肯定的總統」。結果蔣經國先生奪魁，遙遙領先。

剛讀國中的外孫看了，一臉迷惑的問我：「外婆，不是說國民黨很爛嗎?蔣總統是國民黨呀！」

我看著眼前這個單純、懵懂的e世代少年，只有說：「國民黨也有好總統。」

那一夜，我失眠了。躺在黑暗裡，到臺灣後的前塵往事，如電影般，一幕一幕在眼前晃動，有恍如隔世的感覺；五十年，半個世紀了啊！

猶記我是在一個颱風過境的那天，在基隆港下船。

這個颱風在海上已發揮了她的威力，我乘坐的那艘上萬噸的大輪船，快到臺灣時就開始搖晃，一路晃到基隆，船上的乘客被晃得七暈八素，嘔吐得全身軟綿綿。下船後站在碼頭上，陣陣的狂風，只覺得自己身輕如燕，幾欲乘風而去，站都站不穩。

「臺灣的風好大好可怕！」我心裡發愁，此處非久住之地。

生長在大陸內陸的人，是不知道「颱風」這個名詞的。到了下榻的中國旅行社，服務小姐才告訴我這受了驚嚇的異鄉客：「颱風過境，明天就會天晴啦！」

那一夜，睡在二樓上，整夜似睡非睡，聽著窗外風的呼嘯聲，雨的嘩啦嘩啦聲，雜物叮叮噹噹落地聲。天亮在朦朧中驚醒，四周寂靜，推窗外望，只見藍天白雲，陽光普照，近處海水悠悠，遠處青山脈脈，路旁的大王椰隨風招展，街上的行人木屐聲咯咯作響，好一片美麗寧祥的熱帶風光！

原計畫第二天去嘉義丈夫工作的地點報到，火車站的人員告以風災鐵路被吹毀，火車停開。到第三天才勉強成行，但被警告不一定暢通！

那一趟火車之旅，是我此生經歷的最慢的車程；逢站必停、遇施工必等，一路搖搖晃晃，慢吞吞，在基隆八點二十分開車，到達嘉義已是午夜十一時，名副其實的慢車。

由於車行慢，我飽覽了「寶島風光」。在來臺灣前聽到的傳聞，這個島是個花不香、鳥不語的貧窮小島。在那一路上，我看到樹倒屋塌，田園淹沒，莊稼都成殘枝敗葉，颱風摧殘大地的威力，卻遮不了那遠處青山的碧翠山光景色，四野草木青青的嬌靨。臺灣是個未經特意開發的原始土地，它需要人類的經營。

回憶初到臺灣那些年的歲月，真的是辛苦備嘗。政府篳路藍縷，以啟山林，經營大環境。人民胼手胝足，打拼生計，經營個人的小環境。

那時公務員待遇菲薄，五口之家就面臨寅吃卯糧的窘境，幸虧政府有配套政策——配米、配油、配鹽到家，免於月終斷炊之困。三餐恆常是青菜、豆腐。偶爾一盤紅燒肉是打牙祭。上學的孩子們便當裡有一個荷包蛋，就吃得津津有味。而今，雞腿都沒興趣，「麥當勞」、「披薩」才是他們的最愛。

那時的菜市場，多數是露天菜市場；幾隻竹簍，兩隻凳子，一塊木板，搭起來就是菜攤子。晴天，灼日烤人，汗涔涔，雨天路泥濘，行走難。菜的種類很少，遇到颱風豪雨，青菜就缺貨。「超級市場」「冷藏蔬菜」，這些名詞聽都沒聽過。

那時的家庭主婦，不僅在開門七件事上精打細算節流，還要學會一手「針線活兒」為家人縫製衣服。我的洋裁手藝、織毛衣的手藝都無師自通，家事之餘裁縫、編織，手不離針線。

記得一位同事太太，分期付款買了一臺織毛衣的機器，以客廳為工廠，代客織毛衣。後來收學生，接外銷公司的工作。最後自己成立了一個外銷毛衣公司，以一臺機器起家，做起老闆娘來。

有很多年，我們的成衣業在世界各地佔了很大的市場，我曾在美國買回來Made in Taiwan標誌的襯衫，在菲律賓買回來漂亮的皮包，在日本買回來可愛的小狗熊。

臺灣的「經濟奇蹟」就是如此一點一滴，從無到有，從日常平凡的用品，到重要必需的產品締造出來的。

當我們的經濟漸入佳境，人民的生活品質也跟著水漲船高；家庭開始電氣化。

提到家電，我真得感謝「分期付款」這個先享受、後付錢的促銷辦法。

那些年，大多數的小百姓，手頭仍是拮据的多，但「分期付款」的辦法，卻提高了社會大眾的購買力。那時我們辦公室的走廊裡，常有商家擺上貨品來展賣。就以電器來說，小至收音機，大至冰箱，任君選購。妙的是，辦公室為方便同事，也管這檔子事。只要把頭款付了，其餘的按月由薪水中扣除，只要至主計室登記報備就一切沒問題。我家的第一只電鍋，第一臺電扇，第一個冰箱，都是分期付款買的。

最記得兒子出國讀書時，還特地為他買了一只電鍋帶去，以便他吃不慣牛油麵包，自己開伙煮中國餐。那是國產的大同牌電鍋，因為兩地電壓不同，大同公司特為留學生出品的留學生電鍋。那時大同電器很拉風，還有一首宣傳歌：「大同大同國貨好，大同品質最可靠，……」

現在，家家有電鍋、電冰箱、洗衣機、電視、冷氣，讓生活品質更完美。

後來，「分期付款」又發揮了它更大的效力——購屋。

當年除了公務員，大多數分配有宿舍，軍人軍眷有政府建蓋的簡陋眷村宿舍，很多人卻是棲身無定所，只有自力救濟，自己蓋極簡陋的鐵皮屋、木板房聊蔽風雨。既沒有建築執照，也沒人管，大家稱為「違章建築」。昔日中華路上靠鐵路一旁，有整街的破破爛爛的違章建築，都是小市民為謀生計開的小雜貨店、小飯館。北上的火車一進臺北市，必經過這一帶風光特殊的地方，人人詬病這一帶是都市之瘤。

民國五〇年代，國家經濟漸入佳境，個人所得也漸富裕，政府推出「住者有其屋」的政策，讓民間由「購屋貸款」有求田問舍的能力。於是公寓、高樓、大廈，如雨後春筍般興建起來；光武新村、忠孝大廈、頂好的香檳大廈，就是那時建蓋的。現在，那一帶是臺北市最繁華的東區商圈，恐怕很少人知道，五〇年代前，那兒是一片稻田和荒地的僻野之處，現在是有名的忠孝東路。

現在，很多公家宿舍改建，以低價賣給現住人。前不久到大直一位文友家，她住的那老眷村的房子，改建得美輪美奂，讓人羨煞！

退休後，持有老人公車免費票，出門多數享受這份「殊榮」。兒子以為我生性節儉，捨不得坐計程車，每月孝敬五千元計程車費。

其實，我真的對現在的公車很滿意；車新、座位舒服、班次多。

想當年，車子老舊，車班少，身兼職業婦女的我，每天家和辦公室奔波，交通是個緊張問題；趕脫了一班車，下班車伸長脖子，望穿秋水都不見影兒。所以我和另外鄰居女同事，常上演與公車賽跑的事；出了巷口，眼見公車快到車站，我倆還未到車站，立刻撒腿狂奔。到達時車子已緩緩開動，加足力氣，以衝刺的速度，一個鷂子翻身，擠進已是沙丁魚罐頭的車廂。幸虧那時服務的機關有交通車，起早摸黑盡量搭交通車。

那時很羨慕騎自行車上班的同事，買菜、送孩子到幼稚園，然後到辦公室，還趕得上簽到。

那時還沒有計程車，坐三輪車對公務員之家也是奢侈的花費，週末假日領孩子出去玩，路遠的地方偶爾坐次三輪車，孩子們都快樂得像出籠的小鳥，一路上唱著：「三輪車，跑得快，上面坐個老太太，要五毛給一塊，你說奇怪不奇怪。」

現在，三輪車早被淘汰絕跡，代替的是滿街計程車，招手即來。

現在，走出家門口，放眼巷道，家家門口都停著主人的私人轎車。

而且，上班時間，公車不再擁擠得像沙丁魚，因為臺北的「捷運鐵路」已四通八達，大家都去坐捷運，方便，又很快速、美觀、舒服。現代化的臺北捷運，在世界各地都市中，都是可圈可點的，搭乘是種享受！臺北市民有福了！

事實上，不僅臺北市民有福，全臺灣老百姓都有福，國民所得，躍向美金萬元多，住有華屋，出有轎車。金門在戒嚴前是個樸實無華的島域，開放觀光後，不但滿街燈紅酒綠，連名牌轎車都在街上跑，我們上館子小吃，一擲千金無吝色。每年出國觀光的國人上百萬。這都證明臺灣是個藏富於民的國家，臺灣的老百姓應該驕

傲，更應該惜福！

長江後浪推前浪，五十多年，臺灣如何由貧困走進富裕，如何締造經濟奇蹟，恐怕現在的中生代都不甚了了，更何況出生在富裕中的Y世代？

猶記那些年，政府為使百姓對國家有信心，告訴社會大眾國家為百姓做了些什麼，常邀請媒體文字工作者，實地去參觀，以聲音和文字告訴社會大眾。

我曾在沿海地區，看到海埔新生地上，結實纍纍的瓜田。那是一群灌溉專家，以「沙丘灌溉」的技術，培育出來的甜果。

我曾在農業推廣中心，看農業專家如何培育幼種，研究讓蔬菜、豆類、瓜類，如何肥碩甜美。

我曾在農業實驗所，看實驗人員接種、培育，讓水果生產出更甜美的新品種。

我曾到公路花園，參觀花農配種、接枝，讓花兒更美麗更多產。

這些美好的成果，不但百姓們享用，也外銷為國家賺外匯。我曾看到大批的菊花切花，包裝成箱，準備運往日本。我曾在果菜市場，看工作人員打包那些漂亮的

蔬果瓜豆，準備運往東南亞。

我參觀過水庫、核電。大兒曾回國參與捷運興建，我得以知道各部門，以及民間協商、協調備極困難。興建時島嶼地下水的困擾，施工時交通的不便，百姓怨聲載道。但當局克服了種種困難，終於完成大臺北夠水準的「捷運」！

我看到太多的工作人員，為臺灣的經濟富裕，默默的打拼！無怨無悔，一步一腳印，臺灣就是這樣由無到有，創造了經濟奇蹟，難道不值得珍惜、感恩嗎？

臺海風雲詭譎，國內政局動盪不安，百姓憂心，民心望治心切。政府別無選擇，惟有拋棄己見，以國家利益、人民福祉為重。大公無私，不爭一時，只爭千秋，以堅定、理智的毅力，創造再一個「經濟奇蹟」，帶領臺灣的中國人走出國運的陰霾，邁向光明的前途！

第四輯 心靈智慧

也許，書中的一段情節、一句話，迸出智慧的火花，照亮了內心迷失的方向，而恍然，而終身受用無窮。

摘自〈炎炎夏日讀書天〉

方塊字的魅力

文字，是代表一個國家的另一面旗幟。每次到國外旅行，在眾多異國文字中，如果看到那端正熟悉的方塊字，內心不僅有無限的親切感，也有他鄉遇故舊的情緒激動。

我是外語洋文不靈光的人，在學校裡讀了多年的英文，離開學校因常年鮮有機會派上用場而荒廢，現在很多字只落得似曾相識而一時難認出。而讀大學時主修的俄文，只記得少許的字彙了。因此到國外旅行，有機會就買份中文報，免得在異國淪為井底之蛙。

但中國的文字，是世界上稀有的獨特文字。在很多國家難得一見芳蹤，中文報更是稀有物。

不久前到加拿大溫哥華，發現溫哥華不但有聯合報系的海外《世界日報》，及《中央日報》的海外版，還有當地發行的各種僑報。

尤其《中央日報》海外版，常轉載國內《臺灣日報》、《中華日報》等副刊上的文章。我在《臺灣日報》發表的小文，就有一篇和我在海外重相見。

書報是精神糧食，在長年羈旅國外僑胞的心目中，它是第三隻眼：國內政局情況、社會新聞、文化動態、藝文消息、當地僑團消息，書報雜誌真的發揮了秀才不出門能知天下事的功力。而當地的中文報，使得僑胞不會因離開祖國，對國內有隔閡之憾，而聊慰鄉思。也許是這種思鄉情結，每到羈旅國外多年的朋友家，發現他們的桌上都有中文報的蹤影。而兒子和媳婦更視讀中文報是一大享受！對孫子是學習中文的課本。

我們常調侃不識外國文字的國人到了國外就成了「瞪眼瞎」。到加拿大的渥太華、多倫多、溫哥華的華人居住區就沒有這種不便，市面的市招全是中文為主，西文為

副，中文報隨時可以買到。

　　據說中文媒體這些年走紅溫哥華，不僅電臺爭相延長中文節目，當地的中文報比英語、法語（加拿大有一些地區講法語）還多。英文報為了打進華人市場，還打算發行中文版呢！

　　文字是傳播文化的媒體，文化是一個民族的精神和內涵的精髓。中華民族的文化藉著文字被華僑在異國的土地上播下種子，植根茁壯，開花結果，立足國際間，播送中華民族博大精深的思想和智慧。而我，做為一個中國人，每到一個陌生的土地，驀然看到中國那可以表達情意，又可以藉著書法的變化表現藝術之美的方塊字，內心感到欣慰和驕傲。

　　但有一個我百思不解的現象，中共為了封殺臺灣的中華民國，在國際間叱咤風雲，咄咄逼人的欺壓我們。可是他們的簡體字，在國外媒體和市招及大眾場合很少見。由此看來，海外龐大的華僑族仍認同中華民國傳統的繁體字。

是的，人的生命有限，海水可枯、石也能爛（風化），但表達千年文化的中國傳統文字，在歷史的章頁中卻永垂不朽！

多幾把刷子

「畢業即失業」，由這句早就流行的話，道出初出茅廬的學子找工作的困難。報載今年全國失業率創新高，莘莘學子們在驪歌未唱時，就為找工作而憂心忡忡了。

平心而論，現在社會上工作的機會仍較從前多。但競爭激烈，要想迎戰群雄，而嶄露頭角獲得工作，可是一場場信心、心情的煎熬。

我來臺灣的第一個工作是以一紙證書(大學未畢業，逃難時學校發的臨時證書)，和筆試進入職場，後來教了一段日子的書，是老同學的推薦。

因為任職職業學校，看到一些如果沒有有辦法的父母送上職場的壘，又沒有立委、議員長輩親友的八行書，而是平常百姓家的子弟，求職履歷表如雪片寄出，求職試場進進出出，才能覓得一枝棲，那種滋味非過來人難以體會。

在覓職時，託「運氣」之福，我雖未身經百戰才找到工作，但在公家機關服務多年，所見、所聞的經歷，可提供新鮮人做為找工作的借鏡。以退休「老老鳥」教「菜鳥」一招半式求職前的準備，雖然不是萬靈丹，但絕對有正面益處。

多學專長

很多人常詬病我們社會上的「文憑主義」。事實上「文憑」是求職者的代言人，是用人者的標準。

我們考學校選學校、填志願，都透露了你未來的工作訊息，你理想的職業。而求才單位也依照文書的、工程的、會計的需要而選擇適合的人才。

但我要提醒你一點，在求職者眾、競爭激烈下，最好多一種專長。

一位朋友的女兒在美國修得經濟碩士，今夏回國謀職，很順利的被一家銀行約

談，結果卻敗下陣來，敗在不懂日文。這家日本外商銀行招考的唯一的一個職位，被一位通曉日文的應徵者獲得。她很傷心，一個很有把握的工作機會竟然落空。其實用不著傷心，想想其中道理，多會一種語言，工作範圍的空間較大。為了業務的發展，主考官當然錄取多一種專長的人才。

我們有時把能力和辦法戲稱為「刷子」，多一把刷子，自然會在競爭群中脫穎而出。

學做刀筆吏

我曾在一個工程機關管理檔案多年，全局的各種檔案都經過我的桌子，我看遍全局同仁擬呈的公文手稿。

檔案分類、整理的工作刻板單調，我以欣賞文筆和字相增加工作趣味，發現好的公文是一篇言簡意賅的好文章，起承轉合堪稱是篇結構完美的小品文。也有用字遣詞難懂，要仔細讀之再三，才明瞭內容的意思。而我更發現那如小學生作文的公文擬稿人，有的還是海外歸來，學有工程專長的碩士、博士，難怪有人浩嘆時下年輕一代的國文程度低落。

「公文」是中國另一種獨特的文體，有一定的模式、用詞。擬公文是門大學問，如果想到公家機關任職，先學習學習如何寫「等因奉此」的公文，自然會得到另眼相看。

端莊秀麗朝至尊

除非是雙胞胎，人的長相很少有相同的。「字」也一樣，每個人的字都有不一樣的「字相」。學書法的人，即使天天臨摹顏真卿、王羲之的字，只能神似，依然有本人的神韻。

在檔案室裡，我看到林林總總的公文稿，也看到形形色色的「字相」；有的端莊秀麗，有的龍飛鳳舞，有的圓潤，有的瘦削，字大的滿紙瀟灑，字小如螞蟻爬行。

在眾多文稿裡，印象最深刻的是位管事務的同仁，他的手稿全是用毛筆書寫，墨瀋濃黑、龍飛鳳舞自成一格的草書。在我眼裡他的字是藝術品，從任何角度看都有書法美。但很難看懂是何字，要多用點心思去猜。局內有八位打字小姐，只有一位小姐看懂他的字，打他的文稿是這位小姐的專利。

聯字成文，是表達意思，第一要看懂字。字端正易懂，再加幾分秀麗更耐看。名編孫如陵先生曾說過，漂亮的字就如美麗的女子，引人注意。送到編輯檯上的稿子，「字」是第一個印象，對字端莊秀麗的稿子會多看幾眼，也許就是這幾眼看出文章的靈氣而留用。

有一年單位打字小姐出缺，我奉主管命令看筆試的試卷。報考有七人，兩位打字速度難分軒輊，主管與我共商取捨，最後錄取那位字體端正秀麗的小姐。

「字」是求職者給主試者的第一個印象，你的履歷表是見證。字人人會寫，在職場競爭時，也會小兵立大功，怎能下筆潦草？

如果你已有了理想的工作，祝福你大展鴻圖。如果你正在找工作，請抽空練練字，或去學另一種外語，或惡補一下公文。學識在工作崗位上，永遠不嫌多！

炎炎夏日讀書天

暑假到了，日前在報上看到一則消息：幾位國小校長，為鼓勵學生們在暑假中，多讀課外讀物，除了訂定獎勵辦法，還共同粉墨登場，跳芭蕾舞「天鵝」，讓學生提昇閱讀的興趣。

在我們這個充滿聲色之娛，引誘孩子們疏離書本的環境，校長們用心良苦，值得鼓掌！

顧名思義，「課外讀物」不是課堂上規定必讀的教科書。事實上，我們的學校教育是「學習」的過程，我們由教科書中得到基本的知識、常識。在人類無限的學習中，它只是冰山一角。要啟發智慧，需要讀更多的書。

課外讀物，我們常稱為是「閒書」，是可讀可不讀的書。在升學壓力下，很多家長不喜歡孩子接觸「閒書」，以免影響功課的學習。這種因噎廢食的想法，無異是剝奪了孩子讀書的樂趣，封閉了孩子求知的視野。

現代是個知識爆炸、資訊發達的時代；走進每家書店，真的是面臨浩瀚的書海；孩子們的課外讀物，成人求知、消閒的各類書，包羅萬象，讓人目不暇給，不知如何選購。

這些書本內容都有它不同的世界。如果打開它，就被牽引著進入一個猶如神祕花園的地方；聆聽作者講好聽的故事，訴說人間悲歡離合的遭遇，歷史上叱咤風雲人物的偉業，小人物的奮鬥史，世間溫馨的人性，戰爭、政爭的演變，讓讀者心眼開啟，得知在自己生活的一方小天地之外，還有多彩多姿的世界和歷史，亙古以來生命的意義！

也許，在剎那間，發現字裡行間，躍出如珠璣般的話語映入眼眸，讓讀者玩味，而得到啟示。

在一次新書發表會上，高希均教授說：現代開發國家的人民都喜歡讀書。在美國住了多年的他說，暑假到了，喜歡外出度假的美國人，度假時都帶了小說、散文、詩歌。

現代都市人的生活忙碌緊張，每天一睜眼，要把握時間，每根神經都繃得緊緊地。出外度假，是暫離緊張，放鬆自己，讓自己休息一段時間，再整裝出發。

小說、散文、詩歌是「閒書」，讀時不必強記，只在欣賞，這其中有欣賞之趣。

讀這些書不必正襟危坐，可躺可臥，隨時隨地可讀；車上、廁上。枯坐等候時，翻幾頁，自由自在有輕鬆之樂。

最近又讀羅蘭女士的小說《飄雪的春天》，雖是三十年前的舊作，半個世紀前淪陷區的故事。但好的文學作品不會被時代冷淡，歷久彌新，尤其是小說。這部小說中含蓄、溫婉的男女愛情，已邈遠不可尋，但在書中我品嚐到那甜美的滋味。書中女主角在惡劣的生存環境裡，如何掙扎揮別，割捨愛情、親情，單身勇敢的走向未可知前途，去尋找生命的春天，令人佩服，也給讀者一些啟示。

記得讀書時，最大的快樂是放假時可以隨心所欲的讀「閒書」。尤其放暑假時，我總是從學校的圖書館借回來一大堆書，小說、散文、詩歌、世界名著。連那沒人看的中國章回小說，古老的繡像小唱本藏書都被我借回來。我猶如一隻書蠹蟲，悠遊在這些書頁中，以遣漫漫長夏的假日寂寞。食髓知味，識得書中趣，一直保持讀書的習慣。也因此家裡每一處都擺了書。閒坐休息時，拿起几上的書讀幾頁。午睡時小讀片刻，手拋書卷午夢甜。夜晚枕上看書已成了催眠的妙方。

有些可悲的，年歲老大，現在已沒有少年時的狂熱，和不眠不休的精力，及探個究竟的好奇心。逛書店時，看那琳瑯滿目的書，徘徊在書架、書櫃之間，那「閒白了少年頭」的感覺讓我悵然！

人的生命有限，少壯時間彈指遠逝，年輕時對愛好有狂熱的迷戀，對萬事萬物有好奇的追尋，對人生的諸般問題有濃厚的興趣，在炎炎驕陽的盛夏漫長假日，少一點聲色之娛的活動，靜下心來，拿起書本，與作者做心靈的交談，去品嚐另一種樂趣。

也許，書中的一段情節、一句話，迸出智慧的火花，照亮了內心迷失的方向，而恍然，而終身受用無窮。

書中自有新天地

最近開始賣書捐書，因為我家的書已「書滿為患」，可以成立一個小型圖書館了。丟棄這些書並不意味著我將遠離書本，不再看書。而是家庭的空間有限，又不是專業的學者、文學家，就以「汰舊換新」的心情割愛。而舊書雖然是成綑當廢報紙般賣出去，但如流入舊書市場，依然有機會發揮它的影響力，捐書更是散佈智慧的義舉。

提起「看」書，對我來說真是「老太婆的棉被——蓋有年矣」，而且一直是我的偏愛；由啟蒙入學，到離開學校走入社會，在家做純主婦，我從未疏遠過書本。其中「閒書」是我此生不渝的最愛。

我看過很多家長，視「閒書」為洪水猛獸。老一輩的人有句經驗的話：「老不看《三國》，少不看《水滸》」。年紀大的人看《三國演義》，越看越老奸巨猾。年輕人看《水滸傳》，會有樣學樣做梁山上的好漢。我的母親更視「閒書」是扯淡無益，妨礙工作功課，讓人懶散的迷人精。

閒書的確迷人，迷人的程度是從不看閒書的人所不能體會的。我相信很多閒書迷有過忘食廢寢的經驗；邊吃飯邊看，食不知味，沉迷在書中世界裡，不知東方之既白。做學生時在課堂上，我的課本下面恆常掩壓著一本閒書。家居閒暇，辦公室空閒時，抽空看段閒書是消遣。公車上、醫院裡，有本書可以打發等的無聊。而晚上一直有手拋書卷悠然入夢的習慣，閒書已成了我的安眠藥。對閒書我如此癡迷，猶如喜愛品嚐珍饈美味的老饕，猶如喜愛遨遊的旅人到另一個新天地，樂在其中。

閱讀是一種趣味的習慣，需要培養。一旦識得箇中味，猶如吸毒的癮君子、摸麻將的賭徒，難以自拔，而培養我識得書中味的人是祖母。

祖母逝世近半個世紀了，我忘了她的音容笑貌，但沒有忘記在擁擠著難民潮的

火車站上，她提著一隻沉甸甸的小皮箱，吃力的鑽過人群。我牽著她的衣角說：「奶奶，我來提。」「不，你提不動，丟了怎麼辦？」就是這隻箱子裡的書，讓我和書萌生了情苗，至今偕行。長大後我才知道素有文才的祖母，年輕時祖父就去世，帶著稚齡的姑姑和襁褓中的父親，在爭權奪利的大家庭裡備受冷落白眼。雖然衣食無慮，但內心的悽苦無處可訴。寂寂深閨，漫漫長夜，惟有無聲勝有聲的書，如解語花般解她寂寞，在我繞她膝前時，依然看她手不釋卷。我的好奇，她口中書裡的故事，讓我對書生情，祖孫成了志同道合的書迷。

她縱容我看閒書幾乎是溺愛，小學時我的數學成績曾出現過紅字，母親怒擲我的閒書，她卻偷偷塞給我另一本。現在想起很諷刺的，而今我從事的工作竟是寫母親深惡痛絕、認為是誤人子弟的「閒書」文章。兩岸開放後我回去探親，當年丟我的閒書的母親、堅持我考工學院的父親（他認為女孩子讀大學是找尋金龜婿的最佳場所，文學院畢業多數是窮教書匠），知道我棄工弄文，做了所謂的「作家」，雖意外，但很欣慰呢。

食髓知味，由祖母箱子裡的章回小說、武俠小說，到新文藝的文學作品，求學過程時，閒書和我的課本一直放在同一天平上。

但開啟我閱讀視野的，是在一個小城縣立初中的圖書館，我讀到很多三〇年代的名家作品，和影響三〇年代文壇至深的《西風》、《東方雜誌》、《小說日報》、《語絲》雜誌，和《茶花女》、《荷馬史詩》、《但丁神曲》、《少年維特之煩惱》的西方文學名著。高中時更是圖書館的常客，興趣全放在世界名著的文學作品上：《戰爭與和平》、《靜靜的頓河》、《人鼠之間》、《咆哮山莊》、《飄》、《人性的枷鎖》等。大學時課業較重，我依然抽空和閒書親近片刻。

這幾年常有機會擔任教「寫作班」的課程，學員多會問：「如何寫出好作品？」我的箴言是：「讀書、讀書、再讀書！」讀書和寫作是孿生姐妹，「腹有詩書筆自華」。對寫作的人來說書是青草，作品是牛奶。腹笥空空，怎怪筆下艱澀？

我們那時沒有所謂的「寫作班」引導愛好文學的青年走上創作之路，全由閱讀而生見賢思齊的熱忱摸索著走上這條路。由第一篇文章到現在有十數本作品問世，

我依然在學習吸收他人的文采！因此閱讀的重點已不是用消遣的眼光看書中的故事、情節。而是作者如何取材，如何佈局，如何用字遣詞。我淘汰舊的書，吸收新書的資訊，充實腹笥。

現在聲光電子的科技娛樂當道，「閒書」的消遣價值已沒落。青年學子功課壓力大，學校窄門難擠，沒時間去看那些於考試無幫助的「閒書」。

但無可否認的，教科書的知識範圍有限，宇宙間浩瀚的知識，生命裡錯綜複雜的人生智慧，都在世世代代前人所寫的文學作品裡，因為文學作品取材自人生。讓青年人多讀一些課外書，及早拓寬他們知識的視野，開啟他們開朗的心靈。當他們受到挫折時，知道一時的困境依然有柳暗花明的另一途，不致鑽牛角尖，有足夠的勇氣向前走。

化為青鳥殷勤探

「書」傳承著歷史，也扮著「青鳥」傳遞著訊息。

海峽兩岸開放前，書已如南歸的雁捎來家鄉的音訊。那些年，我們偶爾看到彼岸文學作品，我們稱之謂「傷痕文學」。文學反映人生，這些書本本是中國人的血淚史，讓我們知道彼岸的親人，生活在鐵幕內是如何的活下去；清算、鬥爭，紅衛兵「造反無罪」的恐懼，欲加之罪何患無詞的冤獄。

當然，我們作家的作品和書也大量流入彼岸。對於一個文字工作者，自然會注意兩岸作品交流的訊息。我第一次回北京，是開放探親的第二年，和親人團聚話親情外，也抽空到書店看看。在臺北的書店街重慶南路，常常穿梭在鱗次櫛比的書店

內，慣看那彩色繽紛、琳琅盈目的各類書籍，驚訝大陸的「文化」如此貧乏！偌大的北京城裡，書店寥若晨星。而只有新華書店稍具規模，在文藝部門的玻璃櫃裡，文學作品小貓三、四隻，像站衛兵般冷清的排排躺。而紙張粗糙，印刷簡劣。更讓我不解的，一些書仍是我做學生時代看的三〇年代作家的作品。由此可見大陸陷入鐵幕後，大陸文化落後，扼殺了文學生命的生機。回憶三〇年代中共利用一批左傾作家以筆煽動青年，誘惑民心，間接瓦解了人民的心防，成了打下江山的先鋒。而今卻被打入冷宮，停筆無新的作品，以舊作品聊備一格，真是絕大的諷刺。

與大陸相反的，當我第二次回北京，不過一年時間，我們的文學、通俗作品紛紛進入彼岸市場。瓊瑤的愛情小說、趙淑俠的留學生小說、羅蘭的散文小品，讓新華書店蓬蓽生輝，也吸引了眾多讀者。只是，中國大陸在翻天覆地的改造浩劫，殃及中國五千年的文字變體；這些書都由繁體字改為簡體字在北京發行。血濃於水，兩岸同宗同種，雖然文字不同，依然有人如翻譯異國的書籍般，化繁體為簡體，讓「書」化為青鳥飛越千山萬水傳遞兩岸音訊。

第一次看到我的簡體字作品，是我和外子回哈爾濱探親時小叔送我的。

那天晚上飯後，眾親友散去夜靜時，初次和我見面的小叔，由床頭枕下掏出一個長方形、已泛黃的布包，神祕的對我說：「嫂子，我給你看樣東西！」他興奮的，用微顫的手打開布包；一層舊報紙包著，又一層粗厚的牛皮紙，最後露出一本包了皮的書。書皮上墨瀋濃濃的寫著「臺灣名家散文選集」。他喜孜孜的說：「這本書裡有你的文章哦！」那種與有榮焉的神情讓我感動得要落淚。

選集的書名是《我看中國女人》，作者是：胡適、孫觀漢、柏楊、李敖、李昂、薇薇夫人、鮑曉暉。除我之外，都是臺灣文壇上響噹噹的名家。

近年世界媒體發達，最快速而無遠弗屆的聲光媒體電視、廣播，在政治因素下可能遭到限制、約束。唯有「書」這個媒體，可以偷奔敵營默默做攻心戰術，傳遞訊息。

這本書初版於一九八九年三月，這樣看來，彼岸早在開放探親、文化交流之前，就注意臺灣文化動態。在當時的情況下，只有「書」能滿足彼岸同胞對臺灣的好奇。

而我們對大陸四十年的隔閡、懵懂，也全靠書籍的交流化解。兩岸開放後，雙方的文學文藝書籍首先登陸，那些年我們的書店裡充斥著大陸作家的書。

選集中我的十篇文章，是由我的《人間愛晚晴》一書中選刊。這本書中的作品，是我歷年在《大華晚報》、《臺灣新生報》、《臺灣日報》、《青年日報》寫的專欄中的篇章，所談的不過是日常生活中所見所感的小文章。小叔說，買此書時尚不知我是「作家」，我們還未見面過。而近四十年的別離，當年哥哥十五歲到北京求學，弟弟還是繞膝騎竹馬的稚齡，對垂垂老矣的容顏難以想像。但卻由這本選集中，先已知道我們這些年的狀況、思想、觀念。尤其對我早存的心防一掃而空。當我踏進家門，全家熱情誠懇，用濃郁的親情歡迎我們。

文學和生活有不解之緣，是生命的共同體。

「書」記載著時代的變遷，時代中的生活，化為歷史的見證。百年、千年的傳承著歷史足跡。寫此文時，正值九歌出版社出版了四本文學選集巨著；分評論、新詩、散文、小說，均選自臺灣光復後出生的名家作品，每集二十家。在發表會上，關心文學不遺餘力的名教授齊邦媛女士致詞時語重心長的說，百年、千年後，也許世界上都忘了臺灣這個蕞爾小島曾經風光過，但在歷史的書籍群中，它卻是永恆的文學「福爾摩沙」！

聽到這席話，我深深感到這一代文化人，更應負起保存作家作品——書的責任，讓書化做永恆的青鳥！

青青校樹

很喜歡這棟房子。

它雖然沒有華麗的外表，但室內擁有面對面的大窗戶。夏天，把窗子都打開，對流的風讓屋子裡充滿新鮮空氣。冬天，窗門緊閉，室內依然光亮燦爛。

我尤其滿意後窗的景觀。

後窗外是可種花植樹有土地的院子。那是我客串老圃的耕耘地。隔了一座牆的隔壁，是臺北響噹噹一所有名的大學分校的校園。

房子是二層樓，站在二樓後陽臺，校園內的景觀一覽無遺。晾完衣服，我常小立片刻，欣賞這幅水泥叢林中難得一見的美景：樹木森森，綠地如茵，花棚翠碧。而且它四時還有佳景，莘莘學子青春的身影，讓我總會想起自己學生時代的往事。花開葉落，蝶飛蟬鳴，讓我知曉春來夏至，秋臨冬到，大自然間的生生不息。花有信，靠牆那棵老紅梅，從我搬來它年年報春訊，幾番冷風冷雨，在潮濕陰冷的冬天，那如槁木的枯枝梢，突然冒出一點猩紅，我知道冬天已近尾聲，春的腳步已悄悄踏上大地；彷彿一眨眼，一回眸，它就如火如荼的紅花滿枝。

那陣子，每到後陽臺，那一樹紅花就如展現美艷笑靨的老朋友向我招呼：「哈囉！今天好！」「嘿！今天好，你給我好心情，我快樂的展開一天的日子！」這是我心裡的真心話。這些年，看老紅梅總是在它花季時開一樹紅花，年年歲歲，不知它癡立在那裡多少年了，櫛風沐雨，只為花開花謝，只為展現它一季的燦爛，給大自然添光華。而我，只不過宇宙的滄海一粟，又何所求？也應守自己的本份，開自己的花，才不虛此生。何況老紅梅的紅花落盡，又是滿枝翠綠葉子，絢爛歸於平淡。但人與樹不同，老紅梅明年春天會再花開滿枝椏，人的一生卻沒有第二春，怎能不

珍惜每一天？

臺灣一年四季溫濕的氣候，植物常青樹常綠，校園裡總是蓊蓊翠翠；榕樹團團如華蓋，椰樹搖曳生姿，杉樹如綠屏，捕捉不到四季變換的景色。

但我卻在手拋書卷的午夢中，被耳畔一聲聲「吱，吱」的蟬聲喚醒，知道夏天到了。

是啊！有樹就有蟬，「蟬鳴」是盛夏寂靜午後的交響樂。牠敲下序幕的第一個音符，接著悅耳的旋律響起，一波一波，是夏的合奏曲。

在午後小睡乍醒，我常閒閒踱向陽臺，探首游目，好奇的想由蟬鳴聲處，尋找那褐色的小歌手棲身處。有幾次卻看到樹蔭下，正默演著「青春戀曲」。

女孩長髮披肩，男孩高䠷帥氣，在樹下長椅上纏綣著。男孩溫順的枕在女孩膝上，女孩輕輕的撥弄面前如雲的黑髮，就如撫摸著心愛的寵物，我想起那首歌：「記得當時年紀小，你愛談天我愛笑……」。

我縮躲在陽臺暗角，不是偷窺，是欣賞那純美的兩情鶼鰈。在炎夏烈日高照的午後，他們在無課的悠閒中，遠離同學，找到這個樹影婆娑的僻靜小天地，品嚐愛情的蜜汁，青春的甘泉，純純的愛。

戀愛是人性的本能，兩情相悅就會爆出戀愛的火花。但純情的愛，詩意般的愛，只存在校園裡，在不知世間憂愁的青春期。戀曲中訴說的是歡喜、夢想、理想，是你泥中有我，我泥中有你，心心相印的癡情。

不管這戀情的結局是終成眷屬，或無緣的分手，但此生難再有。當他年說夢痕時，覺得愛過，被愛過，不虛此生。

有一年耶誕節，教堂午夜報佳音的鐘聲剛停，後面卻傳來「平安夜」的耶誕歌聲。

我走到陽臺，引頸循聲搜尋，看見大王椰樹下那片空地上，一群學生手拉手圍成一圈，溫柔的歌聲劃破午夜的寂岑。而另一隻手托著燭光，那點點熒熒的燭光，把陰森的暗夜，化為溫暖又有詩意的夜晚，他（她）們正為世人祈福。讓我想到這

些青春的心總是溫柔易感動，每年耶誕節，在書店出售耶誕卡攤位前徘徊的，總是年輕的學生，他（她）們藉著一張薄薄的卡片，寄出真摯的愛心和祝福。而我們大多數人，踏出校門即不彈此調，熱情、愛心已被世故磨冷。對午夜托著燭光，唱著祝福的歌的年輕人遊戲，蒼老落寞的心更無興致了。

做學生的日子真好，生活在校園的大家庭裡，不去過問校園外紛爭的世事，蒼鬱的校樹美化了校園，也美化了莘莘學子的心靈，在校樹下談愛好、談理想，為追求個人美好的未來做準備。現在我才明白，為何告別母校畢業的驪歌總有「青青校樹」的句子。因為很多現實生活的理念、思想上的觀念，不是課堂上的教育，是校園內的教育，是在校園裡「青青校樹」下孕育，校樹下的日子讓人終生難以忘懷。

現在走到後面陽臺，面對的是一座灰色、沒有生氣、尚待完工的摩天大樓。它阻擋了我遼闊的視野，也遮暗了我室內的光亮。

在飽受大樓施工的塵土飛揚，窒息、刺耳噪音的騷擾之前，我親見老紅梅連根拔起，老榕樹癱瘓倒地，杉樹成了枯木，椰子樹被移走。那一片蒼鬱的碧綠化為荒涼的廢墟。

從此，清晨傍晚鳥鳴沉寂，春天沒有紅梅報春訊，夏日蟬鳴噤聲，再也看不到小情侶耳鬢廝磨、愛心滿溢的學子秉燭夜遊唱聖歌。

聽在這所學校服務的女兒說，新建的高樓是學生宿舍。

校方照顧學生的美意，家長感謝。只是這些年，我看見校園內新的教學大樓一棟棟入侵綠地，在校園裡落成，現在宿舍大樓又代替了青青校樹。

校樹減少，豈僅減少了綠意，當學生們回憶起母校，唱著「青青校樹」的歌詞，校園內什麼是值得他們回味的、戀念的？

而我，大樓代替了青青校樹，我失去窗畫，失去了清新的空氣，室內不再有燦爛的光華！

泥土地上的智慧

站在中崙大廈前站牌下等公車。連日陰雨，雨過天晴，初夏的傍晚，落日餘暉在大樓玻璃帷幕上塗撒下淡淡的橙色。高樓上的天空，如洗過般的湛藍。藍天上浮著幾朵雲絮，彷彿是藍海上的白帆。哦！美麗的「臺北的天空」。

今天是週末，我過了一個很「文藝」的一天——上午參加婦女寫作協會理監事會議，下午出席一位文友的新書發表會，接著又趕場《中央日報》副刊舉辦的柏楊先生的「人倫的反撲」演講會。

臺灣眾多報紙副刊各有各的特色風格，中副的風格清新、健康、宏觀。它另一個特色是編輯的企劃伸入社會、學術、政壇各階層成功人物的訪問，並敦請作家做專題演講。這個名為「中副下午茶」的演講座談會已舉辦多年，我偶爾是座上客，去聆聽學者作家的智慧之言。今天在中副咖啡屋舉辦。

週末車班少，街上也很冷清，在涼涼的晚風裡閒閒的等車，回首背後巍峨的中央日報大樓，咖啡的香味猶在鼻端暗浮。那一剎間，思緒跨進回憶，時空倒退，大樓變成茅草舍，咖啡香變成泥土香。我，回到學生時代。

初中時，正是少年不識愁滋味的單純年紀，不在乎身邊瑣碎，無視生活裡的煩惱，只追求自己的喜好。那段時間忽然迷上聽「演講」，幾個死黨小女生，常在週末徒步走過拓東路、護國路、金馬碧雞坊，穿過翠湖公園，一路嘻嘻哈哈，行行復行行，走到西南聯大新校舍去聽演講。

那個時代物資缺乏，課外讀物少得可憐，由教科書上得的知識有限，求知的慾望催使我們學習的觸角伸向書本外。西南聯大是當年昆明最高學府，名家學者教授雲集，學子求知若渴，教授們也視得天下英才育之是一樂，學校社團常請老師教授做課外演講。只要風聞新校舍有演講會，我們幾個同學以看電影的快樂心情，長途跋涉巴巴兒趕去聽演講。

西南聯大新校舍與眾不同的景觀是一排排茅草為頂、泥坯為牆的克難校舍，校舍前空曠的泥土地操場，是學生們課外活動的場地。每逢演講會，升旗臺四周地上坐滿人，臺上講者亦莊亦諧，妙語如珠，臺下笑聲連連。那年夏天，林語堂先生到昆明，被請到西南聯大演講，就是在新校舍泥土地的「露天大講堂」上舉行的。林語堂先生是幽默大師，他那天講的是「物質生活和精神生活」。大概看到新校舍克難的茅草屋和泥土地的操場，有感而發：「聯大的同學生活，在物質方面是不得了，在精神方面是了不得。」雖是誇張富幽默，卻也是事實。貧困擊不退意志，西南聯大的學生讀書風氣盛，求知慾更旺盛，後來造就很多國際知名的人才。

彈指間，青春容顏已華髮容衰，聽演講的喜愛已淡去，求知的狂熱也隨歲月冷卻。差堪告慰的是，我的青春未留白，這一生很多知識、智慧都得自昔日課堂外那些教授學者的口傳。

時代進步，經濟富裕助長了知識智慧的傳播啟迪。走進書店，滿坑滿谷的書，

向讀者送著智慧的秋波。報章常有演講的訊息，聲聲召喚。但書店冷清，演講會場小貓三、四隻。今天中副下午茶不收門票，名家開講，咖啡點心免費供應，是一場美好悠閒的心靈糧食盛宴，但放眼聽眾席，多是社會人士，青年學子哪裡去了？

青春年華歡樂多，聲色之娛讓年輕的心浮動，冷落了求知慾，浪費了智慧的資源，因為年輕不懂「時不我予」！

臺北是個熱鬧、開放、民主的繽紛城市，當我們跳出紅塵紛爭的圈子，到一個安靜的會場，去聽一段指點迷津的經驗之談，回來反芻那些睿智的語言，啟迪的含意，讓浮躁的心沉澱，回歸冷靜，面對自己的生活，在人生的道路上才不會迷失方向。

沈從文老師

此次到昆明探親，在昆明住了四十五年的家姐，建議我回桃源鎮去看看，桃源鎮距昆明僅四十多分鐘的汽車路程。

桃源鎮，今已稱跑馬山。讀高中時，我曾在此地建國中學讀一年，因而忝為沈從文的學生。

沈從文師是海峽兩岸開放後，被我們文壇炒得最熱的三〇年代作家。其原因我想在大陸文革時期，他是受迫害很深的名教授作家，也因此改變了他的後半生——由作家教授改行為歷史博物館的職員，同時終止了創作。他的作品充滿了中國的鄉土味，而作品中的語言多用湘西方言，更具特色，得到國際間文壇的注意，曾被瑞典的諾貝爾獎委員會提名兩次，是中國早年被提名的作家。

一九三七年，抗戰軍興，北方著名的三個大學：北平的北京大學、清華大學、天津的南開大學，南遷昆明，在昆明成立了西南聯合大學，沈師即在聯大任教。西南聯大那時人文薈萃，名教授濟濟，如朱自清、聞一多、潘光旦、梁實秋。

抗戰時，美國十四航空隊協助我國作戰，在昆明東郊巫家壩修築一軍事機場，時家父主持第一工業區工程工作。為躲避敵方瘋狂的轟炸，我家遷往距昆明不遠的桃源鎮，建國中學也自昆明疏散到桃源來上課，因此我成了建國中學的高一學生。

巫家壩飛機場工程處員工在桃源住的房子，是當地天主教會所建，一大片清一色的茅草頂、泥巴牆的草舍式克難住宅，以廉價租給疏散來此的人家。記得有一天由昆明回來，發現空了很久的緊鄰已搬來新的鄰居。時正值暑假，晚飯後與姐弟在門前閒眺，見一衣藍布長衫、戴眼鏡、清秀儒雅的男士走過來，向我們頷首微笑，然後走進隔壁門內。大姐笑說，這個新鄰居蠻和氣的。

這一批克難草舍以排形建築，一排有四間房子，自成一棟院落。前面一排高高的後窗，對著後面一排的院子，窄門淺戶，隱私權不太嚴密。這一家人口簡單，夫妻倆帶著兩個六、七歲大的小男孩，時時有稚語笑聲傳出，顯示這一家是個幸福的家庭。

暑假開學，我們班上新的課程表上，有兩堂罕見的課程「新文藝理論」，教課老師是「沈從文」。

抗戰時的教授學生生活都很清苦，兼課賺外快的風氣很盛。當時建國中學的校長是西南聯大畢業的，大概學生體恤老師生活清苦，而給沈師開了這門大學裡才有的課。西南聯大的學生來此兼課不稀奇，同學們好奇的是他的文名——作家頭銜。一位小有名氣的作家，肯移樽到一個閉塞的小鎮上的一所普通學校兼課，在我們校園裡很是轟動，課程排在星期六上午最後兩節。學校為便於住校的同學回昆明家中，很多班級最後兩堂都是自習課。第一天沈師來上課，我們課堂上座無虛席，連窗臺上都坐滿別班的同學。當這位作家教授一踏進教室門，我驚訝的發現，原來是我家前面鄰居新搬來的那位先生。

沈師給人的印象是文質彬彬，講課時輕聲細語。可惜他的口才不如文才，而且一口難懂的湖南鄉音，幾堂課後別班慕名的學生漸漸減少，到後來只有我們班上小貓三隻、四隻了。

沈師的課雖不叫座，但家中卻常是高朋滿座。到我們學校兼課的有西南聯大的教授和學生，也有雲南大學和東方語專的教授。有人一大早有課的，頭天晚上就到學校來，住在校方專備的老師宿舍裡。僻壤的鄉間，課餘無處可去，就到沈師家「擺龍門陣」，常有深夜不散，不知東方之既白的雅興。

我們班上同學，也有多次分批被邀為沈府座上客。沈家給我印象最深刻的是沈夫人那慧心巧手。當時沈夫人張兆和女士，也在我們學校初中部教英文。張女士美而嫻靜，有「黑鳳」之稱，膚色微黑細膩。如黑緞般的長髮梳成髮辮盤在頭上，鳳目挺鼻富古典美，身材屬嬌小秀美型。據說沈師當初是以“one hundred letters”才追到美眷。沈夫人在當時物資艱困下，能廢物利用，化腐朽為神奇。譬如四個粗糙的肥皂箱拼疊在一塊，罩上一塊漂白布做的縷花桌巾，上面擺隻醬油瓶做為花瓶，插上幾枝野花，就是一張古樸漂亮的茶几。其餘窗帘、床單都是巧手奪天工的作品，把一間間的茅屋收拾得窗明几淨。加上院中的三五株樹木，幽趣盎然。

其次是沈師的藏書之多，令我們目不暇給；客廳和一間書房，都以肥皂箱拼疊成各式各樣的書櫥。而每本書都以白紙另作封套為封面，再寫上書名及作者名字。可以看出沈師愛惜書的深情，和在書海中自得其樂的天地。

沈師家庭氣氛的和諧也少見，兩個可愛的兒子小龍、小虎都被教導得進退有禮，沈師對兒子的態度猶如朋友，溫柔客氣。譬如外出歸來，兒子去開門，必說謝謝，母親聽在耳中常笑說這家先生太做作了。

夏日晚飯後，沈師偕夫人領著兩個孩子在鄉道上散步，也是當時的桃源鎮上一景。晚霞照天，山野間儷影雙雙攜手漫步是一幅鶼鰈情深的素描。這些年在報章雜誌上讀到很多關於沈師的資料，多提及他曾住呈貢縣而未有住桃源的記載，我想桃源屬呈貢縣轄區，呈貢縣想也指是桃源鎮。這一謎底曾想在第一次北京探親時拜訪沈師以問究竟，卻不料天不假年，沈師已於半年前逝世。

桃源鎮盛產桃子而名，多處桃樹成林，此次重臨舊地，桃林已無蹤影，據說大部分都被砍伐了。坐落在遍種桃樹郊外的母校草舍舊址已無可辨認，想是勝利後已遷回昆明。去時正值傍晚前，落日冉冉落向遠處山坳，站在那曾有我的足痕，但卻陌生的大路上，撫今思昔，四十多年的往事不堪回首；昔日少艾今已垂老，昔日壯年今已逝世，那種「青山依舊在，幾度夕陽紅」的滄桑感沉重的敲擊著我的心頭。想到臺北金石堂書店的書架上，在最醒目的地方擺著沈師「古老」的作品，如果當年沈師不是迷惑於共產主義美麗包裝的謊言，如果不是寄厚望於一個新的政權，甚至如果到臺灣來，他的作品當不僅止於那幾本古老的作品吧?因為自由和安定的生活，才是孕育文學作品最好的溫床。

蓋棺論定，現在人均認為沈師是反共、唾棄共產主義者。其實在當年，他和聞

一多一樣，是位憂國憂時熱愛國家的激進分子，愛國心的激情，使他不能冷靜而理智的去看事實的真相。在課堂上常有不滿時政的言論，抨擊政府諸般腐敗缺失，而在無意中淪為共產黨的代言人。大陸變色後，又經過文革的煉獄，才大徹大悟。沈師的封筆恐怕是表示美夢醒後的失望吧？

咖啡、繆斯

午夜的公車站很冷清，站在寂寂的長街路旁，回味剛才的咖啡香、殷殷的笑語聲。

常常，唱歌的課結束，幾個人相約到一家有書香味名字的小咖啡館坐坐，吃頓簡單的晚餐。

小咖啡館地臨學區，往來多是青春年華的學生。推門是小小的樓梯，上去是稍嫌擁擠的咖啡座散布四周，古雅又幽靜。

來的次數多了，年輕的女孩們知道這幾位稀有的媽媽桑客人又來聊天了，殷勤的搬動桌椅，擺出讓我們能夠圍坐聊天的座位。

小店的套餐我們不中意，中意的是圍坐聊天的快樂，和任你坐到夜深沉的自由、那杯可續杯的香馥咖啡。

刻板平淡的日子，賢妻良母的角色，偶爾今天不回家，遠離庖廚。在啜飲著苦澀微甘濃濃杯中液體間，互相聊近況、吐心中塊壘、笑談得意事，有談笑泯怨懟的快意、酒逢知己千杯少的快樂，彷彿又重返黛綠年華少女時。

喜歡咖啡的情調和自由，有一陣子幾個人竟然選擇咖啡館做為自己寫作靈感的地方：找題材、磋商內容、推敲字句，頗有江郎才思去復回的豪氣。

都有多年寫作經驗，面臨倦怠期，意興闌珊，托詞「老了」，文思滯澀。「江山代有才人出」，後浪飛珠濺玉，美不勝收，該封筆了。那些日子卻又意興風發，重新在方格間殷勤耕耘，期望有第二春的收穫。

作品完成後，我們在咖啡的氤氳中做對方的第一個讀者：我在邱的作品裡看到理性和豪氣、洗鍊的文字；在霞的作品裡享受溫柔典麗的文字之美；珠的活潑跳躍；珍的樸實巧思；天的流暢輕快；梅筆下靈黠不俗，各有風格。相同的題材，不同的寫法，各領風華，展現筆下的智慧。而我深深的體會，人生的歷練淬礪，讓作品內容豐沛、成熟。有耕耘必有收穫，我們都出了新書，稿費版稅又成了請喝咖啡的本兒。

世事變化難以捉摸，而今梅染恙，天忙著教書，珠遠走異國，站在午夜人寂的街頭想那段日子，豈僅是悵然！

絲竹舊時情

暑假後，每天傍晚時分，一牆之隔的師大校園中就傳出嘹亮的胡琴聲。由那反覆不熟練的琴音聽得出是初學者在用心的操練。

這琴音總讓我猜測：在青年學子都熱中彈吉他唱民歌的現在，是誰會愛上這種古老的中國平劇的樂器？有時探首二樓窗外，只見校園的林木蓊蓊，樹下冷冷清清，惟有單調的琴聲在暮色中迴盪。

從小常聽平劇，加上父親是戲迷，又會拉胡琴，這胡琴常牽引我走向回憶；有時我恍惚看到父親蹺著二郎腿，膝上墊塊絨布，歪著頭，傾著耳，聚精會神拉胡琴的神態。

父親雖然學的是土木工程，畢生服務工程界，但卻有很多藝術方面的喜好；他會作詩填詞，書法很漂亮。彈琴、吹簫、唱京戲，尤其拉得一手好胡琴。

父親對胡琴的喜好，幾到了癡迷的程度。小時我家住在瀋陽時，父親在瀋陽鐵路局服務，每天晚上下班回來後，在等開晚飯之前的空檔時間，都獨自關在書房裡自拉自聽的練一陣子琴。

小時，我常跟大人們到戲園子裡聽戲。俗語說：「會看的看門道，不會看的看熱鬧。」父親他們那輩的戲迷，看戲都說「聽」戲。普通人看戲看故事情節，小孩子看臺上熱鬧的場面，惟有老戲迷，看戲是欣賞「角兒」的「唱藝」。每當大段的唱詞繞耳不絕如縷時，父親都是微閉著雙目，搖頭晃腦、手指在膝上輕輕的打著拍子，一副渾然忘我陶醉的樣子，父親會唱戲，會拉胡琴，都是無師自通，因為愛好鑽研而學會的。記得那時我們看戲來回都坐馬車，夏天坐敞篷馬車，冬天坐有玻璃窗、有車廂的馬車。戲散後多半已是午夜時分，路上行人稀少、商店都已打烊。尤其冬天，東北冬天午夜氣溫在零下十幾度，呵氣成霧，凍得路上杳無人影，街燈黯淡。

從玻璃馬車的玻璃窗望出去，馬車前那盞昏暗的車燈照著馬車伕，馬車伕們大多穿著老羊皮襖，戴著有護耳的毛皮帽子，口裡冒著熱氣，手揚著馬鞭子，得得的馬蹄聲敲在冰凍過的馬路上，聽來特別清脆。這種天氣出門坐車，母親都帶著一條毛毯蓋在膝腿上擋寒。我夾在祖母、母親中間，父親坐在對面的倒座兒上，一路都聽他哼唱著適才聽過的戲詞。聽著聽著，我在馬蹄聲和父親輕唱聲中沉入夢鄉。醒來時，車已到了家門。

戲看多了，耳濡目染，我漸漸也由看熱鬧而能欣賞戲中故事情節；「武家坡」裡王寶釧寒窰苦守十八年耐貧守節，終於苦盡甘來，享到榮華富貴。「荊軻傳」裡荊軻刺秦王未成，而從容就義，是個英雄好漢。「桃園三結義」，劉、關、張親似兄弟，情義感人。……這些故事的情節都讓我感動不已，從而知曉人的忠奸善惡行為，童稚的心已知憎惡喜善。

看了半輩子的平劇，我一直認為中國的平劇是世界上最完美的民族藝術，它不但「無聲不歌，無動不舞」，而唱腔悅耳，舞蹈的身段優美。唱詞的典麗可媲美我國古典文學的詩詞，唱腔的美更表現出中國文字音韻的美。那些代表忠奸善惡的臉譜化妝就是美術的創作。平劇實是集中國的歌唱、詩歌、音樂、舞蹈、美術於一爐的藝術作品，表現出中國文化獨特風格的戲劇，因此政府定名為「國劇」。而它故事的取材，多來自歷史故事、民間傳說，以及神鬼的幻想。以勸人向善，獎善懲惡，闡揚我國忠、孝、節、義的固有道德為主題，實有移風易俗、激勵人心向善的社教功能。

可惜，這聚匯我國文化特色的國劇日漸式微，它不易被時下年輕人接受，年輕人視國劇為艱澀難懂的老古董，是節奏緩慢、跟不上時代、浪費時間的娛樂，是只有年老的大陸來臺灣的人才會欣賞的玩意兒。每次到國軍文藝活動中心去觀賞國劇，放眼四座，幾全是現代老朽，年輕的顧曲周郎寥若晨星。

其實，凡事熟能生巧，欣賞國劇也如此，何況現在國劇的演出者，為使年輕一代容易懂，唱詞都打出幻燈片字幕，舞臺的動作也加以說明。如果不懷著排斥的心理去多看幾次，當會體會出其中趣味，對拉胡琴唱國劇，也會像對彈吉他唱民歌一

樣，興起學習參與的興趣。

更何況，在工業社會忙碌的生活中，我們已不易有從容不迫的悠閒時間，在國劇緩慢的節奏中，我們正好放鬆心情，悠閒的去欣賞典雅的旋律，去體會認識我國文化道德的菁華，而當我們心平氣和的閉目聆聽那爐火純青的歌藝之餘，再看舞臺上上演的喜怒哀樂、生老病死，不也正是我們現實生活中的喜怒哀樂、生老病死嗎？在曲終人散的午夜，當會有所領悟……。

三民叢刊書目

①邁向已開發國家　孫　震著
②經濟發展啟示錄　于宗先著
③中國文學講話　王更生著
④紅樓夢新解　潘重規著
⑤紅樓夢新辨　潘重規著
⑥自由與權威　周陽山著
⑦勇往直前　・傳播經營札記　石永貴著
⑧細微的一炷香　劉紹銘著
⑨文與情　琦　君著
⑩在我們的時代　周志文著
⑪中央社的故事（上）　・民國二十一年至六十一年　周培敬著
⑫中央社的故事（下）　・民國二十一年至六十一年　周培敬著
⑬梭羅與中國　陳長房著
⑭時代邊緣之聲　龔鵬程著
⑮紅學六十年　潘重規著
⑯解咒與立法　勞思光著
⑰對不起，借過一下　水　晶著
⑱解體分裂的年代　楊　渡著
⑲德國在那裏？（政治、經濟）　・聯邦德國四十年　郭恆鈺　許琳菲等著
⑳德國在那裏？（文化、統一）　・聯邦德國四十年　郭恆鈺　許琳菲等著
㉑浮生九四　・雪林回憶錄　蘇雪林著
㉒海天集　莊信正著
㉓日本式心靈　・文化與社會散論　李永熾著
㉔臺灣文學風貌　李瑞騰著
㉕干儛集　黃翰荻著

㉖作家與作品　謝冰瑩著
㉗冰瑩書信　謝冰瑩著
㉘冰瑩遊記　謝冰瑩著
㉙冰瑩憶往　謝冰瑩著
㉚冰瑩懷舊　謝冰瑩著
㉛與世界文壇對話　鄭樹森著
㉜捉狂下的興嘆　南方朔著
㉝猶記風吹水上鱗
　・錢穆與現代中國學術　余英時著
㉞形象與言語
　・西方現代藝術評論文集　李明明著
㉟紅學論集　潘重規著
㊱憂鬱與狂熱　孫瑋芒著
㊲黃昏過客　沙　究著
㊳帶詩蹺課去　徐望雲著
㊴走出銅像國　龔鵬程著
㊵伴我半世紀的那把琴　鄧昌國著
㊶深層思考與思考深層
　・轉型期國際政治的觀察　劉必榮著
㊷瞬　間　周志文著
㊸兩岸迷宮遊戲　楊　渡著
㊹德國問題與歐洲秩序　彭滂沱著
㊺文學關懷　李瑞騰著
㊻未能忘情　劉紹銘著
㊼發展路上艱難多　孫　震著
㊽胡適叢論　周質平著
㊾水與水神
　・中國的民俗與人文　王孝廉著
㊿由英雄的人到人的泯滅
　・法國當代文學論集　金恒杰著
(51)重商主義的窘境　賴建誠著
(52)中國文化與現代變遷　余英時著
(53)橡溪雜拾　思　果著
(54)統一後的德國　郭恒鈺主編
(55)愛廬談文學　黃永武著
(56)南十字星座　呂大明著
(57)重疊的足跡　韓　秀著
(58)書鄉長短調　黃碧端著
(59)愛情・仇恨・政治
　・漢姆雷特專論及其他　朱立民著

⑥⓪蝴蝶球傳奇　顏匯增著
・真實與虛構
⑥①文化啓示錄　南方朔著
⑥②日本這個國家　章　陸著
⑥③在沉寂與鼎沸之間　黃碧端著
⑥④民主與兩岸動向　余英時著
⑥⑤靈魂的按摩　劉紹銘著
⑥⑥迎向眾聲　向　陽著
・八〇年代臺灣文化情境觀察
⑥⑦蛻變中的臺灣經濟　于宗先著
⑥⑧從現代到當代　鄭樹森著
⑥⑨嚴肅的遊戲　楊錦郁著
・當代文藝訪談錄
⑦⓪甜鹹酸梅　向　明著
⑦①楓　香　黃國彬著
⑦②日本深層　齊　濤著
⑦③美麗的負荷　封德屏著
⑦④現代文明的隱者　周陽山著
⑦⑤煙火與噴泉　白　靈著
⑦⑥七十浮跡　項退結著
・生活體驗與思考
⑦⑦永恆的彩虹　小　民著
⑦⑧情繫一環　梁錫華著
⑦⑨遠山一抹　思　果著
⑧⓪尋找希望的星空　呂大明著
⑧①領養一株雲杉　黃文範著
⑧②浮世情懷　劉安諾著
⑧③天涯長青　趙淑俠著
⑧④文學札記　黃國彬著
⑧⑤訪草（第一卷）　陳冠學著
⑧⑥藍色的斷想　陳冠學著
・孤獨者隨想錄
⑧⑦追不回的永恆　彭　歌著
A・B・C全卷
⑧⑧紫水晶戒指　小　民著
⑧⑨心路的嬉逐　劉延湘著
⑨⓪情書外一章　韓　秀著
⑨①情到深處　簡　宛著
⑨②父女對話　陳冠學著

⑼³	陳冲前傳	嚴歌苓著
94	面壁笑人類	祖　慰著
95	不老的詩心	夏鐵肩著
96	雲霧之國	合山　究著
97	北京城不是一天造成的	喜　樂著
98	兩城憶往	楊孔鑫著
99	詩情與俠骨	莊　因著
100	文化脈動	張　錯著
101	桑樹下	繆天華著
102	牛頓來訪	石家興著
103	深情回眸	鮑曉暉著
104	新詩補給站	渡　也著
105	鳳凰遊	李元洛著
106	文學人語	高大鵬著
107	養狗政治學	鄭赤琰著
108	烟　塵	姜　穆著
109	河　宴	鍾怡雯著
110	滬上春秋	章念馳著
111	愛廬談心事	黃永武著
112	吹不散的人影	高大鵬著
113	草鞋權貴	嚴歌苓著
114	是我們改變了世界	張　放著
115	夢裡有隻小小船	夏小舟著
116	狂歡與破碎	林幸謙著
117	哲學思考漫步	劉述先著
118	說　涼	水　晶著
119	紅樓鐘聲	王熙元著
120	寒冬聽天方夜譚	保　真著
121	儒林新誌	周質平著
122	流水無歸程	白　樺著
123	偷窺天國	劉紹銘著
124	倒淌河	嚴歌苓著
125	尋覓畫家步履	陳其茂著
126	古典與現實之間	杜正勝著
127	釣魚臺畔過客	彭　歌著
128	古典到現代	張　健著
129	帶鞍的鹿	虹　影著
130	人文之旅	葉海煙著

131 生肖與童年　小民著　喜樂圖
132 京都一年　林文月著
133 山水與古典　林文月著
134 冬天黃昏的風笛　呂大明著
135 心靈的花朵　戚宜君著
136 親　戚　韓　秀著
137 清詞選講　葉嘉瑩著
138 迦陵談詞　葉嘉瑩著
139 神　樹　鄭　義著
140 琦君說童年　琦　君著
141 域外知音　張堂錡著
142 遠方的戰爭　鄭寶娟著
143 留著記憶・留著光　陳其茂著
144 滾滾遼河　紀　剛著
145 王禎和的小說世界　高全之著
146 永恆與現在　劉述先著
147 東方・西方　夏小舟著
148 嗚咽海　程明琤著
149 沙發椅的聯想　梅　新著
150 資訊爆炸的落塵　徐佳士著
151 沙漠裡的狼　白　樺著
152 風信子女郎　虹　影著
153 塵沙掠影　馬　遜著
154 飄泊的雲　莊　因著
155 和泉式部日記　林文月譯・圖
156 愛的美麗與哀愁　夏小舟著
157 黑　月　樊小玉著
158 流香溪　季　仲著
159 史記評賞　賴漢屏著
160 文學靈魂的閱讀　張堂錡著
161 抒情時代　鄭寶娟著
162 九十九朵曇花　何修仁著
163 說故事的人　彭　歌著
164 日本原形　齊　濤著
165 從張愛玲到林懷民　高全之著
166 莎士比亞識字不多？　陳冠學著
167 情思・情絲　龔　華著

⑳④人　禍　　彭道誠著
⑳⑤殘　片　　董懿娜著
⑳⑥陽雀王國　　白　樺著

207

懸崖之約

海男 著

「男人與女人在此約會中的故事，貫穿著一個幸運的結局和另一個戲劇的結局」。一個患腦癌的四十歲女子，她要在去天堂之前去訪問記憶中銘心刻骨的每一個朋友，也許是密友、情人、前夫，她的生活因為有了昨日的記憶，將展開一段不同的旅程。

208

神交者說

虹影 著

人的情感總是同時交雜著出現，很難只用喜悅、悲傷、恐懼等單純詞語完整表達。而本書作者細緻地記述回憶或現實的片段，藉以呈現許多情況下（如養父過世，或只是邂逅陌生人等）人複雜多變的感覺，使讀者能自然地了解書中的情境與人物的感受。

209

海天漫筆

莊因 著

或「拍案叫好」或「心有戚戚」或「捫心自思」，作者以其多年旅居海外經驗，與自身文化激盪的心得，發為一篇篇散文，不但將中華文化精萃發揚，亦介紹西方生活的真善美。且看「海」的那片「天」空下，作者浪「漫」的妙「筆」！

210

情悟，天地寬

張純瑛 著

本書乃集結作者旅居美國多年來的文章，娓娓細述遊子之情。其文字洗鍊，生動感人，處處展現羈旅之心與赤子之情。作者雖從事電腦業，但文章風格清新雋永。值得你我風簷展讀，再三品味，從中探索「情」之真諦！

211
誰家有女初養成
嚴歌苓 著

「巧巧覺得出了黃桷坪的自己，很快會變一個人的。對於一個新的巧巧，窩在山溝裡的黃桷坪和窩在黃桷坪的一切人和事，都不在話下。」踏出黃桷坪的巧巧會有怎樣的改變呢？如願的坐上流水線抑或是……

212
紙銬
蕭馬 著

紙銬，這樣再簡單不過的刑具，卻可以鎖住人的雙手，甚至鎖住人心，牢牢的，讓人難以掙脫更不敢掙脫。隨便揀一張紙，挖兩個窟窿，然後自己把手伸進去，老老實實地伸直了手，哪敢輕易動彈，碰上風吹雨淋，弄斷了紙銬，一個個都急成了哭相……

213
八千里路雲和月
莊因 著

本書可分為兩大部分，雖然皆屬於記遊文字、同在大陸地區，時間，卻整整相隔了十八年。作者以其獨特的觀點、洗鍊的文筆，道出兩段旅程中的種種。從這些文章，我們可以看見一些故事，也可以看出一位經歷不凡的作家，擁有的不凡熱情。

214
拒絕與再造
沈奇 著

新詩已死？現代人已不讀詩？對於這些現象，作者本著長年關注現代詩的研究，對現代詩有其深刻的體認，無論是理論的闡述或是兩岸詩壇的現況，甚至是詩作的分析，都有其獨特的見解。在他的帶領下，你將對現代詩的風貌，有全新的認識與感受。

215
冰河的超越
葉維廉　著

詩人在新生的冰河灣初次與壯麗的冰河群相遇，面對這無言獨化、宇宙偉大的運作，面對「雪疊著雪雪疊著雪疊著永不溶解的雪╱緩緩地積壓著╱冰晶冰層冰箔相連覆蓋九萬餘里」的景象，喜悅、震撼、思涉千載而激盪出澎湃磅礴的——冰河的超越。

216
庚辰雕龍
簡宗梧　著

基於寫作興趣就讀中文系，卻因教學職責的召喚，不得不放緩文學創作的腳步。本書作為政大簡宗梧教授創作成果的集結，不僅可讓讀者粗識簡教授於教學及研究著績外的創作成果，也將是記誌簡教授今後創作「臺灣賦」系列作品的一個始點。

217
莊因詩畫
莊　因　著

因心儀進而仿效豐子愷漫畫令人會心的幽默與趣味，作者基於同樣對世間生命萬物寬厚博大的關注與愛心，以他罕為人知的「第三枝筆」，畫出現今生活於你我四周真實人物的喜怒哀樂，並附以詩文，為傳統的中國詩畫注入了全新的生命。

218
換了頭抑或換了身體
張德寧　著

換了頭抑或換了身體？當器官移植技術發達到可以更換整個身軀時，我們要擔心的是生理上的排斥或心理上的抗拒？該為人類創造的奇蹟喝采還是為扭曲了人的靈魂而付出代價？藉作者精心的布局與對人深刻的觀察，我們將探觸心裡未曾到達的角落。

219 黥首之後

朱暉 著

政治上成分的因素，他曾前後被抄三次家，父母也先後被送入囹圄和下放勞改。他嚐盡世間的殘酷悲涼，看透人性的醜陋自私，但外在的折磨越狠越兇，內裡的親情就越密越濃。人性中最陰暗齷齪的一面與最光明燦爛的一面，都在這裡。

220 生命風景

張堂錡 著

每個人的故事，如同璀璨的風景，綻放動人的面貌。透過作者富含情感的筆觸，引領出成功背後的奮鬥歷程。文中所提事物，與我們成長經驗如此貼近，讓人油然而生「心有戚戚焉」之感。他們見證歷史，也予我們許多值得省思與仿效的地方。

221 在綠茵與鳥鳴之間

鄭寶娟 著

不論是走訪歐洲歷史遺跡有感，或抒發旅法思鄉情懷，抑或中西文化激盪的心得，作者以其一貫獨特的思考與審美觀，發為數十篇散文，澄清的文字、犀利的文筆中，流露著一種靈秘的詩情與浪漫的氣氛，讓讀者在綠茵與鳥鳴之間享受有深度的文化饗宴。

222 葉上花

董懿娜 著

讀董懿娜的文章，如同接受心靈的浸潤。生活的點滴，藉她纖細敏感的筆尖，便能在心中蕩起圈圈漣漪；娓娓的傾訴，叫人不禁沉入她的世界。在探求至情至性的同時，重新面對自己，循著她的思緒前進，彷彿也走出了現實的惱人，燃起對生命的熱情。

223

與自己共舞

簡宛 著

「與自己共舞，多麼美好歡暢的感覺！」長年旅居海外的簡宛，以平實真誠的筆調，與讀者分享「接納自己、肯定自我」的喜悅。書中收錄作者多年來與自己共舞的所思所感，包含對婚姻、家庭、自我成長的探討，值得讀者細細品味這分坦率至情的人生智慧。

224

夕陽中的笛音

程明琤 著

我們從本書中可領略程明琤對於生命的思索與感受，對於文化的關懷珍視，她更以廣闊的角度引領讀者去探索藝術家的風範和多彩的人文景致。讀她的文章不只是欣賞她行文遣字的氣蘊靈秀，真正觸動人心的是她對眾生萬相所付注的人文情懷。

225

零度疼痛

邱華棟 著

「我發現我已被物所包圍，周圍一個物的世界，它以嚇人的速度在變化更新，似乎我的生活已經事先被規定、被引導、被制約、被追趕。」作者以魔幻的筆法剖析現代人被生活擠壓變形的心靈。事實上，我們都是不同程度的電話人、時裝人、鐘錶人……。

226

歲月留金

鮑曉暉 著

以滿盈感恩的心，追憶大時代的離合悲歡，及中國這片土地的光輝與無奈；用平實卻動人的文字，記錄生活的精彩，和對生命的熱愛與執著。作者將歲月中的點滴與感動，譜成這數十篇的散文，讀來令人低徊不已，並激盪出對生命的無限省思。

227
如果這是美國
陸以正　著

面對每天新聞報導中沸沸揚揚的各種話題，您的感想是什麼？是事不關己的冷漠？還是無法判斷是非的茫然？不妨聽聽終身奉獻新聞與外交事務的陸以正大使，如何以其寬廣的國際觀點，告訴您「如果這是美國……」

228
請到我的世界來
段瑞冬　著

從七〇年代窮山惡水的貴州生活百態，到瑞典中西文化交流的感觸，最後在學成歸國的喜悅中，驚覺中國物質與思想上的巨大轉變，作者達觀的態度及詼諧的筆調，好像久違的摯友熱情地對我們招手：「請到我的世界來！」

229
6個女人的畫像
莫　非　著

6個女人，不同畫像。在為家庭守了大半輩子門框後，他們要出走找回失落的自己，藉著幻想，藉著閱讀，藉著繪畫等等不同方式，讓心靈有重新割斷再連結的機會。盼能以此書，提供女人一對話的空間。

230
也是感性
李靜平　著

「人世間的很多事，完全在於你從什麼角度來看。」本書作者以幽默的口吻帶您挖掘出生活中的樂趣。不管是親情的交流或友誼的呼喚，即便是些雞毛蒜皮的小事，在她的筆下每個生活週遭的人物全都活絡了起來，為我們合力演出這齣喜劇。

231
與阿波羅對話
韓秀 著

自遠方來，我在陽光的國度與阿波羅對話。秋日午後的愛琴海波光粼粼，反射生命的絕代風采。這裡是雅典，眾神的故鄉，世人的虛妄不過瞬眼，胸臆間卻永遠有激情在湧動。殿堂雖已頹圮，風起之際，永恆卻在我心中駐紮。

232
懷沙集
止庵 著

「樹欲靜而風不止，子欲養而親不待」作者將對逝去父親的感念輯成本書。其間除了父親晚年兩人對談的點滴外，亦不乏從日常不經意處，挖掘出文學、生活的真諦。作者樸實的文筆，在現代注重藻飾的文壇中像嚼蘿蔔，別有一股自然的餘味。

233
百寶丹
曾焰 著

百寶丹，東方國度的神奇靈藥，它到底有多神妙？身世坎坷的孤雛，如何在逆境中自立，成為濟世名醫？一部結合中國傳統藥理與鄉野傳奇故事的長篇小說，一段充滿中國西南邊疆民族絕代風情的動人篇章。

234
矽谷人生
夏小舟 著

生命流轉，人只能隨波逐流。細心體會、聆聽、審視才能品嘗出人生的況味。從中國到美國，從華盛頓到矽谷，傳統與現代，寧靜與繁華，作者以雋永的文筆，交織出大城市裡小人物不平凡的際遇和生活中發人省思的啟示，引領讀者品味異國人生。

國家圖書館出版品預行編目資料

歲月留金／鮑曉暉著.－－初版一刷.－－臺北市；三民，民90

面；　公分－－(三民叢刊；226)

ISBN 957-14-3476-0　(平裝)

855　　　　　　　　　　90008364

網路書店位址　http://www.sanmin.com.tw

© 歲　月　留　金

著作人　鮑曉暉
發行人　劉振強
著作財產權人　三民書局股份有限公司
臺北市復興北路三八六號
發行所　三民書局股份有限公司
地址／臺北市復興北路三八六號
電話／二五〇〇六六〇〇
郵撥／〇〇〇九九九八——五號
印刷所　三民書局股份有限公司
門市部　復北店／臺北市復興北路三八六號
重南店／臺北市重慶南路一段六十一號
初版一刷　中華民國九十年六月
編　號　S 85461
基本定價　參元貳角
行政院新聞局登記證局版臺業字第〇二〇〇號

ISBN　957-14-3476-0　(平裝)